우모리 하늘신발

우모리 하늘신발

송경아

차례

*

*

＊

〔수행평가〕 우리 동네의 전설

이 이야기는 우리 외할머니가 어렸을 때를 회상하며 해
주신 이야기입니다. 우리 동네는 예전에 행정구역이 개
편되기 전, 우모리牛毛里라는 작은 마을이었다고 합니
다. 할머니는 그곳에서 사시다가 열다섯 때 대우읍大牛邑
여중에 들어가셨습니다. 할머니 또래의 우모리 여자 중
에서 여중, 여고를 나와 간호사까지 되신 분은 할머니밖
에 없었습니다.

– 우모중학교 1학년 3반 한예서

7

＊

동네 어귀를 표시하는 표석에 작은 그림자가 비치자 나는 힘차게 달려갔다. 역시 드란댁 마님이었다. 어귀 돌에서 드란댁은 머리에 임을 이고 있던 보따리를 내려놓으시더니 구부렸던 허리를 펴고 우모리의 공기를 들이마셨다. 나는 홀린 듯이 그 모습을 지켜보았다. 늘 보던 모습이지만 볼 때마다 사람의 혼을 빨아들이는 모습. 제일 먼저, 나이 오십 먹은 노파의 허리가 꼿꼿해지고 키가 석 자는 커진다. 얼굴에 가득했던 주름이 펴지면서 햇빛에 자글자글 탔던 피부가 회어지고, 납작 눌렸던 코가 튀어나오고, 반쯤 세었던 머리가 새파랄 정도로 까맣게 돌아오고, 잿빛 입술에 붉은 기운이 돈다. 그런 변화를 지켜볼 때마다 가슴이 벅차올랐다. 이윽고 드란댁 마님은 내가 아는 마님의 그 모습, 다 큰 장정보다 머리 하나는 더 크고 햇빛이라곤 본 적 없는 것처럼 하얀 얼굴에 등줄기가 꼿꼿하고 위엄 어린 삼십 대 마님의 모습이 되었다. 나는 마님을 올려다보며 한껏 웃었다. 마님도 나를 내려다보며 빙긋 웃으셨다.

"우리 마리, 나 없는 동안 별일 없었지?"

"네, 마님. 마님이야말로 별일 없으셨어요?"

나는 마님의 짐을 이려고 했지만 마님이 보자기에 싼 짐을 번쩍 들어버리셨다. 마님은 왼손 한 손으로 가볍게 드셨지만 내가 임을 이려면 끙끙거리며 들어올려야 할 짐일지도 몰랐다. 마님은 마음만 먹으면 장정 예닐곱은 한 손으로도 날려 보낼 수 있을 정도로 힘이 세시니까. 하지만 내 손을 가볍게 잡은 오른손은 부드럽기 그지없었다. 그렇게 내 손을 잡은 채마님은 느긋하게 걸으셨지만 나는 마님의 보조를 맞추기 위해 뛰다시피 해야 했다.

"뭐 별일 있겠니. 조 서방한테 온 편지 받아오고, 박 서방네 땅 문서 때문에 뭐가 날아왔네 해서 살펴보고, 옥분네한테 누가 편지를 보냈다기에 받아오고, 모두 생선 먹은 지가 오래된 것 같으니 생선 좀 사오고 그런 거지. 너한테는 재미없는 얘기일 거다. 그보다 이거 봐라."

마님은 내게 작은 기둥 같은 것을 주셨다. 한쪽은 조금 좁고 다른 쪽은 조금 넓은 원형 기둥이었다. 내가 신기해서 이쪽저쪽 돌려보고 있으려니 마님이 내 눈에 좁은 쪽 끝을 대어주셨다.

"아아!"

나는 저도 모르게 탄성을 내뱉었다. 눈을 갖다 댄 구멍 속에서 색색의 가루 같은 고운 종이가 모였다 흩어졌다 하면서 눈부신 무늬를 만들어내고 있었다. 서로 붙어 있는 것도 같고 떨어져 있는 것도 같은 눈부신 점들을 보다 보니 눈앞이 어룽어룽했다.

"예쁘지? 너 좋아할 것 같아서 사왔다."

"네, 마님. 정말 예뻐요! 이게 뭐예요?"

"만화경이라고 하더라. 너 볼 이야기책도 두어 권 사왔다."

마님은 만족스럽게 웃으며 걸어가셨다. 기분이 하늘을 찌를 것 같았다. 사흘 만에 돌아오신 것도 그렇고, 돌아오시면서 나를 특별히 챙겨 선물을 사다주신 것도 가슴이 호롱거렸다. 무엇보다도 마님이 계실 때면 우모리에 사는 내 또래 중에서 남녀 불문하고 내 눈치를 보지 않을 사람이 없었다. 마님은 든든한 내 뒷배였다.

그걸 싫어하는 사람은 우리 엄마밖에 없었다.

"아니, 기집애한테 자꾸 무슨 책을 사다 앵긴다요? 씰데없는 장난감은 또 뭐고. 사다주실 거면 반짇고리나 사다주실 일이지. 아직 쑥국 하나 제대로 못 끼리고 바느질도 제대로 못하는 아를 누가 데리갈라나 모르겠네."

엄마는 대청마루에 앉아 내 옷을 바느질하며 한마디 내뱉었다. 늘 듣던 소리라 나는 그냥 못 들은 척하고 만화경만 들여다보았다. 오색 가루들이 만드는 무늬가 볼수록 예쁘고 신기했다.

"가만 좀 있으소. 마님이 다 생각이 있어서 하시는 일이겠지. 마님이 우리한테 해로운 일 하시는 거 본 적 있수까? 우리 마리를 얼마나 예뻐하시는데."

"이름도 마리가 뭡니꺼, 마리가. 그냥 처음 생각한 대로 귀순이로 짓지, 그걸…"

투덜거리던 엄마는 아빠가 혀를 말아 올리며 슬, 하고 소리를 내자 그냥 입을 다물었다. 나는 사랑이 담뿍 담긴 눈길로 햇볕에 까무잡잡하고 거슬거슬해진 아빠의 얼굴을 쳐다보았다. 아빠와 나는 드란댁 마님에 대한 경애로 맺어져 있는 동지였다. 우모리에서 드란댁 마님의 제일가는 추종자를 뽑는다면 나와 아빠가 1, 2위를 다툴 것이었다.

우모리 사람들이 모두 그렇듯이 아빠도 우모리에서 나고 자란 사람은 아니었다. 아빠는 경기도 어느 지방에서 태어나 자라셨다고 하는데 어느 지방인지는 물어도 가르쳐주지 않으셨다. 어렸을 때 몇 번 아빠의 고향을 물어봤지만 아빠는 그냥 허허 웃기만 했다. 나중에 커서야 우모리에서 고향 이야기는 안 꺼내느니만 못 하다는 것을 알게 되었다. 우모리 사람들은 다 그럴 만한 이유가 있어서 바깥을 등지고 이 외딴 동네에 들어와 살게 된 사람들이었다. 그리고 우모리를 만든 분이 바로 드란댁 마님이셨다.

아빠가 우모리에 들어오기 전 이야기를 직접 하신 적은 없었다. 하지만 가끔 탁주라도 걸치고 하시는 이야기를 연결하면, 아빠는 어렸을 때부터 힘이 세서 열세 살부터 고향 마을에서 동네 장사로 씨름 대회도 자주 나가곤 했다. 열다섯까지만 해도 그럭저럭 살 만한 마을이었지만 아빠가 열다섯 되던 해에 중국과 일본 사이에 전쟁이 터지면서 갑자기 내야 하는 세금

✻

도 많아졌고 빼앗아가는 물건도 많아졌다. 열여덟 되던 해에 집에서 쓰는 놋그릇, 쇠그릇까지 내놓으라는 읍장과 순사의 독촉에, 한창 혈기왕성한 아빠는 그대로 그 사람들을 메다꽂아버리고 산으로 도망쳤다. 그 다음에는 타향을 떠돌아다니며 머슴 노릇을 했다고 한다. 젊고 허우대 좋은 머슴이 새경도 적게 받고 묵묵히 일만 하는 모습에 주인집 마을 사람들도 대충 사정을 짐작하고 아무것도 묻지 않았다고 한다.

"그래서 다시 고향에 안 돌아가신 거예요?"

내가 언젠가 물어봤을 때 아빠는 헛헛한 웃음을 날렸다.

"갔지. 광복 후에 갔는데 난 해방이 되면 일본 놈들뿐 아니라 일본 놈 밑에서 읍장 순사 하던 놈들도 다 없어질 줄 알았어. 그런데 그 읍장 놈이 그대로 읍장을 하고 그 순사 놈이 그대로 순사를 하고 있더라고. 그래, 내가 어쩌겠냐. 잡히면 치도곤을 칠 텐데 다시 도망쳐야지."

아빠는 그대로 계속 떠돌아다녔다. 열일곱 열여덟부터 장가가는 일이 드물지 않던 농촌 출신 남자는 스물다섯이 넘자 앞길이 막막해졌다. 어디에 자리를 잡아서 정착을 하자니 출신 모를 떠돌이에게 딸을 줄 집이 없었고, 게다가 어디든지 있는 기간이 길어지면 이 단체, 저 단체에서 찾아와 자기네 단체에 가입을 하라고 권유했다.

"그때는 하여간 사람을 가만히 놔두질 않았다. 어디든지 소속이 되고 같이 어울려 다녀야 사람 노릇을 하는 걸로 쳤는데, 내가 십 년 가까이 여기저기 떠돌아다니면서 보고 배운 게, 그렇게 어울려 다니고 뭔가 목소리 큰 사람일수록 밤길에 죽어 나가곤 했어. 술집에서, 기생집에서, 자기네 모임 장소에서, 집에 돌아가다가, 목소리를 높이다가, 한잔 더 하러 가다가 칼 맞는 일이 다반사였다. 나는 최대한 몸을 낮추고 아무하고도 인연을 맺지 않고 살았어. 그렇게 죽자고 고향에서 도망쳐서 떠돌아다닌 건 아니었으니까."

하지만 그렇게 몸을 낮추어도 전쟁의 불길에서 도망칠 수는 없었다. 내가 태어나기 십 년도 전에 북한에서 탱크로 밀고 내려와 시작된, 금방 끝날 줄 알았

14

❋

던 전쟁이 점점 길어지자 출신을 알 수 없는 떠돌이
인 아빠도 군대에 끌려갔다. 군대에 순순히 끌려가지
않으면 빨갱이 취급을 받아 총에 맞아 죽을 수밖에
없었다고 했다.

"그때는 내 나이가 열여덟도 아니었고 나를 끌고
가는 사람들도 칼이 아니라 총을 차고 있었거든. 내
다 꽂는다고 그대로 도망칠 수 있는 상대들이 아니었
지. 하지만 그대로 끌려가다가는 개죽음을 당할 것
같았어. 난 누구를 죽이기도 싫고 누구한테 죽기도
싫었다."

하지만 아빠는 순순히 끌려가지 않았다. 어느 겨
울날 산허리를 전진할 때 비탈에서 미끄러지는 척하
면서 그대로 도망쳤다. 그해 겨울은 유난히도 추웠다
고 했다. 탈영한 아빠를 쫓던 군인들도 곧 되돌아갔
다. 영하 10도를 오락가락하는 날씨에 총도 놓아두고
도망친 탈영병 하나를 잡겠다고 산속을 샅샅이 뒤지
는 건 시간 낭비이고 인력 낭비였기 때문이었다. 가
만 놓아둬도 죽을 거라고 생각했으리라. 피난 가다가
혹은 도망치다가 굶어 죽고 얼어 죽는 사람이 한둘이

아니었으니까.

　그렇게 군인들을 되돌린 그 날씨는 아빠에게도 가혹했다. 낮에는 발가락이 떨어져 나갈 것 같은 추위 속에서 눈구덩이를 파고 지내고, 사람이 안 볼 것 같은 밤에 이동해야 했다. 식량도 없이 동서남북 어디로 며칠을 갔는지 모르지만 아무리 가도 마을 하나 나오지 않았다. 마을이 나온다고 해도 그 마을에서 자신을 살려줄지, 묶어다 어느 쪽에 바칠지 알 수 없는 일이었다. 눈을 퍼먹어가며 산길을 헤맨 지 사흘인가 나흘째, 아빠는 어느 고개에 쓰러지고 말았다.

　그때 누군가의 발이 아빠를 툭툭 찼다.

　"너, 뭐하는 놈이냐?"

　반말이 놀라운 것이 아니었다. 그 반말을 하는 목소리가 위엄 있는 중년 여자 목소리라는 것이 놀라웠다. 아빠가 만나본 여자라고는 참을 이고 나르는 촌색시들과 아주머니들 정도였다. 기생이나 여학생이 출몰할 법한 도회지는 아빠가 알아서 피해 다녔다. 하지만 이 목소리는 기생이나 여학생처럼 젊고 여릿여릿한 목소리도 아니었고, 나이 지긋한 사람 목소리라기엔 촌 기색이라곤 하나도 깃들지 않았다. 아빠는 자기도 모르게 어느 대가 댁 마님인가 하고 생각했다. 하지만 나중에 생각해보니 대가 댁 마님이 혼자서 산길을 돌아다닐 리가 없었다. 어쨌든 그 순간에는 그게 중요한 게 아니었다.

"사… 살려주십쇼."

아빠는 모기 소리만 한 목소리로 말하고 정신을 잃어버렸다.

그다음에 아빠가 깨어난 곳이 우모리였다. 지금은 우모리가 스무 집이나 사는 동네가 되었지만 그때까지만 해도 우모리에 들어와 사는 가족이 다섯뿐이었다고 했다. 드란댁 마님은 그중에서 엄마네 집에 아빠를 데려다주었다. 스물아홉 난 노총각은 자기보다 일곱 살 적은 나이 찬 처녀의 간호를 받다가 그 처녀에게 청혼을 했고 엄마네 집은 그 청혼을 받아들였다. 일단 우모리에 들어와서 사는 이상, 출신은 아무 의미가 없었다. 모두 사연이 있어 들어온 집이었고 누구나 그 사연을 감추고 싶어 했다. 엄마는 아빠랑 결혼하고 삼사 년 후에야 아들 둘을 연이어 낳았고 그걸로 끝인가 했으나 아빠 나이 사십에 내가 나왔다. 내가 태어나자 엄마는 귀하게 얻은 딸이라고 귀순이라고 이름 붙이고 싶어 했지만 "애 이름은 마리로 하게" 하는 드란댁 마님의 한마디에 나는 윤마리가 되었다. 그리고 귀순이보다 마리라는 이름이 훨씬 좋았다.

"여기 뿌리박고 살면서부터는 모든 일이 척척 풀렸어."

아빠는 마을 밖에서 드란댁 마님이 사다주신 화랑 담배를 피우면서 가끔 그렇게 말하곤 했다. 사실이었다. 드란댁 마님은 우리가 사는 데 필요한 모든 것을 마련하고 신경 써주셨다. 이곳은 모두 마님의 땅이라는 이야기를 들었지만 마님은 다른 지주들과는 달리 우리가 땅을 부쳐 먹고 사는 데 아무런 대가를 바라지 않으셨다. 바깥에 나가서 서류를 뗀다거나, 귀한 물건을 산다거나, 편지를 받고 부치거나, 관공서에서 무슨 명령이 내려온다거나 하는 일도 다 맡아서 처리하셨다. 우리는 그저 농사를 열심히 짓고 마을에서 누가 죽거나 아프거나 좋은 일이 있거나 할 때 서

로 도와가며 살면 그만이었다. 가끔가다 드란댁 마님
이 새 가족을 데려오면 우리는 묻지 않고 환영했다.
우리는 모두 드란댁 마님의 아이들이었다.

그해 여름은 초장부터 비가 마구 쏟아졌다. 아니,
여름으로 접어들기도 전 음력 4월부터 하루 이틀 걸
러 한 번씩 하늘이 열린 듯 천둥 번개가 치고 폭우가
쏟아져 내렸다. 처음에는 모내기가 미뤄져서 좋아하
던 오빠들도 나중에는 하릴없이 대청마루에 앉아 처
마 밑 땅바닥을 푹푹 파는 빗방울을 원망스럽게 바라
보았다. 맑을 때는 마당을 누비며 이것저것 쪼아 먹
던 닭들도 닭장에서 꼼짝을 하지 못했다. 그나마 좋
은 일이라면 마당에서 가끔 병아리를 물어가던 청설
모나 두더지의 모습도 볼 수 없다는 것뿐이었다.
"아이구야, 이래가지고 벼를 어떻게 짓나."
엄마 입에서 저절로 한탄이 흘러나왔다. 아빠도 얼
굴을 찌푸린 채 아무 말도 하지 않았다. 아빠가 아껴
피우는 담배 연기가 하늘로 올라갈 듯하다 빗줄기에
맞아 사라져버렸다. 나는 어둑어둑한 방에서 드란댁

마님이 사다주신 이야기책만 조용히 넘겼다. 글자가 많지 않아 이야기를 다 욀 지경이었지만, 그래도 달리 할 일이 없었다.

맑을 때는 마을 가장자리 이 선생님 댁에 가서 글이랑 숫자 연습이라도 할 수 있었다. 학교는 우모리 바깥에 있었고 너무 멀었기 때문에 우모리에 사는 열대여섯 명 되는 아이들은 아무도 학교에 가지 않고 자랐다. 대신 우리는 혼자 사시는 이 선생님 댁에서 국어책, 산수책을 보며 글자와 셈을 익혔다. 이 선생님은 나이 오십쯤 되는 엄한 남자 선생님이셨다. 어쩌면 이 선생님은 바깥에서 선생 노릇을 하다가 우모리에 오신 것일지도 모른다. 드란댁 마님은 두어 달마다 교과서와 공책, 연필, 지우개, 크레파스와 스케치북 같은 귀한 물건들을 이 선생님 댁에 잔뜩 갖다주셨고, 가끔 우리가 책을 읽을 수 있는지, 간단한 계산을 할 수 있는지 물어보기도 하셨다. 우리는 드란댁 마님이 관심을 가져주신다는 것에 신이 나서 덧셈 뺄셈과 받아쓰기를 하고 태극기 그리는 법을 익혔다. 장수 아저씨네 딸 영미는 그림을 잘 그렸고, 갑

분이 아주머니네 기철이 오빠는 글씨도 잘 쓰고 이야기도 만들어 동생 또래인 우리에게 읽어주기도 했다. 이 선생님 댁에는 거의 매일 언니 오빠와 우리 또래 아이들이 북적였기 때문에 가서 심심한 적이 없었다. 이 선생님 댁에는 붙임성 좋은 백구도 한 마리 있어서 백구와 같이 놀아도 좋았다.

하지만 이렇게 매일같이 폭우가 와서는 이 선생님 댁에도 갈 수 없었다. 이 선생님 댁에 가려면 그때 내 걸음으로 십 분, 이십 분은 걸어야 했다. 그 정도 걸어가는 것은 큰일이 아니었지만, 그동안 이런 거센 비를 막기에는 도롱이나 비옷이 너무 약했고, 우산은 귀한 물건이어서 긴한 일이 있을 때 아버지나 쓰시는 것이었다. 엄마나 우리가 쓰는 것은 대나무 살에 파란 비닐을 붙인 우산이었는데, 잘못해서 비닐이 찢어지면 어떻게 할 방법이 없었다. 대낮도 한밤처럼 어두울 정도라서 어른들도 밖에 나가는 일에는 몸을 사렸다.

그렇게 며칠이 지났는지 모른다. 어른도 아이들도 집에 갇혀 지내는 울적한 나날이 되풀이되었다. 쏟아지는 폭우에 텃밭 채소들도 다 녹아버려 끼니마다 소반 위에 올라오는 것은 거의 시래기 된장국과 김치에 밥뿐이었다. 가끔가다 콩자반이나 달걀이 올라오는 날도 있었지만 그래 봤자 달걀은 아빠와 큰오빠까지밖에 돌아가지 않았다. 변화 없는 밥상이 지겨워서 밥을 못 먹겠다고 투정을 부리면 엄마는 "저 기집애가 안 굶어봐서 저런다" 하며 냉정하게 무질러버렸다. 그래도 질리는 건 질리는 거였다. 차츰 나는 저녁을 굶고 잠을 청하는 일이 많아졌다. 배가 고프니까 아침 점심까지는 어떻게 먹겠는데 저녁때가 되면 질려서 밥술도 뜨기 싫었다. 옷도 자주 갈아입을 수 없었다. 개울가에 나가 빨래를 할 수 없는 것은 물론이고 빨랫줄을 걸고 빨래 말릴 곳도 없었다. 오후마다 동네에 울려 퍼지던 다듬이질 소리도 사라진 지 오래되었다. 빨래한 지가 오래되어 쿰쿰한 이불을 덮고 잠을 청하고 있으려면 서러움이 왈칵 솟아올랐지만 어디다 화풀이할 곳도 없었다.

그렇게 시도 때도 없이 폭우가 내린 지 한 달은 된 것 같았다. 여전히 축축하고 냄새나는 이불을 덮고 잠을 청하고 있을 때였다.

쿵!

무엇인가가 부딪히는 소리와 진동이 강하게 울렸
다. 단순히 땅이 울린다는 느낌이 아니었다. 우리 집
이 한 번 공중에 들썩였다 내려앉는 느낌, 땅뿐만 아
니라 공기까지도 단단하게 뭉쳐서 내 몸을 공깃돌처
럼 던졌다 내려놓는 느낌. 나는 벌떡 일어났다. 엄마
는 내가 잘 때까지만 옆에 있다가 안방으로 가버리기
때문에 자다 일어난 내 옆에는 아무도 없었다. 눈 사
이가 뜨끈한 느낌이 나더니 뭐가 코로 주르륵 흘러내
렸다. 다시 그런 소리가 나면 몸이 부서질 것만 같았
다.

"엄마, 엄마!"

나는 울면서 안방 문을 흔들었다. 한참 동안 시간
이 흐른 것 같더니 엄마가 문 사이로 얼굴을 내밀었
다.

"아니 밤중에 왜… 아이구, 이게 웬일이야! 여보,
휴지 좀 줘요!"

엄마는 허겁지겁 휴지를 작게 뭉쳐 내 코에 쑤셔

넣고 남은 휴지로 내 옷을 문질렀다. 그제야 내가 코피를 흘리고 있었다는 것을 깨달았다. 나는 대롱대롱 매달리다시피 엄마를 부여잡고 부들부들 떨면서 언제 또 올지 모르는 충돌을 기다렸다. 그날 밤 나머지 시간에는 아무 일도 일어나지 않았지만 결국 엄마는 안방에서 자지 못하고 나를 달래가며 작은 방에서 자야 했다. 하지만 나만 겁을 먹었던 것은 아니었다. 엄마가 나를 꼭 안고 있을 때 나는 엄마의 품도 조금씩 떨리는 것을 느꼈다. 그날 밤은 어떻게 잤는지 알 수가 없었다.

그다음 날도 여전히 비가 쏟아졌다. 한낮에도 컴컴한 방안에서 우리 삼남매는 이불을 뒤집어쓰고 있다가 때때로 번개가 하늘을 가르고 뒤이어 천둥이 내리칠 때마다 자기도 모르게 이불 속에서 깜짝깜짝 몸을 웅크렸다. 그러던 중에 큰오빠가 말했다.

"야, 그런데 문 두드리는 소리 같은 거 나지 않아?"

쿵쿵쿵쿵, 쿵쿵쿵쿵. 확실히 천둥소리와는 다른 소리가 문가에서 들려오고 있었다. 우리는 서로 얼굴을 쳐다보았다.

'누구지?'

아빠가 문가로 나가는 소리가 들렸고 그다음에는 시끄러운 빗소리에 묻혀 아무것도 들리지 않았다. 우리는 자기도 모르게 이불을 떨쳐내고 섬돌에 가서 신발을 신고 대문가를 내다보았다.

나무로 된 대문가에는 멀리서 봐도 아빠보다 훨씬 큰 사람 그림자가 서 있었다. 우리 마을에서 그 정도로 키가 큰 사람은 드란댁 마님뿐이었다.

"마님이다! 마님!"

나는 반갑게 뛰어나가려고 하다가 마님의 손짓에 멈칫했다. 마님은 나더러 가까이 오지 말라고 손을 젓고 있었다. 무슨 말을 하셨는지 아빠가 고개를 주억거리면서 들어와 비옷과 우산을 챙겼다. 마님은 들여다보지도 않고 가버리셨다. 평소의 마님답지 않은 일이었다.

"아빠, 무슨 일이에요?"

아빠는 비옷을 뒤집어쓰며 한숨을 쉬었다.

"이 선생님이 돌아가셨단다. 논둑길에서 미끄러지셨는지 논에 빠져 둥둥 떠 있었다는구나."

지금 기준으로 생각하면 그런 이야기를 아이들에게 말한다는 것이 이상할지도 모르겠다. 하지만 그때 어른들은 아이들을 지금보다 훨씬 더 빨리 자라는 존재들로 여겼다. 남자애들은 나이 열 살만 되어도 뱀이나 개구리 때려잡는 놀이를 하고 다녔고, 여자아이들은 일곱 살이면 대충 갓난쟁이 동생을 업고 다니고 기저귀도 갈 줄 알았다. 삶과 죽음의 경계도 그렇게 분명하지 않았다. 우리는 여우에 홀려 죽었다는 사람 이야기, 전쟁 때 시체 묻힌 곳에서는 풀이 더 푸르게 난다는 이야기, 문둥이가 자기 병 낫겠다고 어린아이 간을 내먹는다는 이야기를 들으며 자랐다. 죽음은 그렇게 멀리 있는 것이 아니었다.

아빠가 동네를 돌아다니며 이 선생님의 죽음을 알렸고 그날 저녁 어른들은 모두 이 선생님 댁으로 갔다. 이 선생님은 장례를 치를 가족이 따로 없었기 때문에 우모리 어른들이 모두 이 선생님의 가족이 되었다. 이 선생님은 사흘 후 상여에 실려가 매장될 터였다. 그동안 아이들은 이 선생님 댁에 가는 것이 금지되었다. 원래 상가에 어린아이들이 섣불리 드나들면 영가가 붙기 쉽다고 아이들과 임부와 아픈 사람은 상가에 가는 것이 아니라고 했다. 염습은 바깥에서 장례를 치러본 적이 있는 정구 아저씨가 했다고 했다. 그날 밤 이 선생님 댁에 다녀온 아빠는 소금을 뿌리고 비옷을 벗으며 고개를 갸웃거렸다.

"이상해…. 이상하단 말이야."

"뭣이 그렇게 이상하요?"

엄마가 아빠 비옷을 털고 우산을 거둬 넣으며 물었다. 아빠는 고개를 절레절레 저었다.

"이 선생님이… 아무리 물에 불었다고 해도 얼굴이 너무 이상했어. 표정도 이상하고. 드란댁 마님도 보시고는 표정이 묘해지시더라고."

"아, 마님이 아무리 사내보다 굳세다고 해도 그래도 여잔디 시체를 마님한테 보여드려요? 다들 정신이 나갔나?"

"무슨 소리여. 마님은 시체 같은 데 놀라실 분이 아니잖어. 그랬으면 마님이 반쯤 얼어 동태가 된 나를 구하셨겠어? 그런데 마님이…."

"마님이?"

나는 창호지를 바른 미닫이문 너머에서 숨을 죽이고 엿들었다. 내가 아직 안 자고 듣고 있는 걸 알면 아빠가 말을 안 할지도 몰랐다. 아빠는 한참을 가만있다가 말했다.

"얼굴만이 아니야. 이 선생님한테 이상한 냄새가 난다고 하셨어."

"암만 비가 와도 이제 초여름인데 벌써 썩기 시작한 거 아뉴?"

"아니야. 나도 맡았어. 정말… 정말 이상한 냄새였어."

잠시 침묵이 흐르다가 다시 엄마가 물었다.

"대체 이 선생님은 어쩌다 밖에서 횡액을 당하셨대요? 요즘 날씨는 아무도 밖에 안 나가는 날씨구마는."

"어젯밤에 남쪽 산에 뭐가 쿵, 하고 떨어졌잖아. 임자도 땅이 울리니까 벌벌 떨더만."

"별 객쩍은 소릴. 그거랑 이 선생님 돌아가신 거랑 무슨 상관이 있다고."

"그게 상관이 있어. 우리는 다들 나갈 생각도 안 했

는데 이 선생님은 뭐가 떨어졌나 궁금하셨던 모양이야. 우산을 쓰고 그쪽으로 가는 길에 발이 미끄러져서 논둑 진창에 빠지셨는지 그쪽으로 가는 길에서 발견되셨다는구먼."

"아이고… 비 그치고 나가도 될 걸, 뭐 그리 급하시다고."

"나도 그 말을 듣고 그쪽을 봤는데 이 날씨에 그쪽에만 산허리 너머로 빛이 나더라고. 그것 때문에 가보려고 하신 게 아닌가 싶어. 산 너머 불빛이라 그런지 불빛이 도깨비불처럼 창백하고 은은한 게 보기만 해도 오싹했어…"

그 말을 듣자 나도 왠지 기분이 나빠졌지만 이제 오빠들과 같이 방을 쓰지 않기 때문에 누구 품에 파고들 수도 없었다. 나는 엄마가 빨리 들어와 옆에 누워 재워주기만 기다리다가 까무룩 잠들고 말았다.

이 선생님의 장례는 오일장이었다. 지금이야 삼일장 이상 하는 사람들이 거의 없지만 그때만 해도 오일장, 길게는 칠일장까지 하는 사람들이 있었다. 마을의 선생님이셨는데 어떻게 삼일장으로 끝내냐는 의견이 많아 결국 오일장이 되었다. 이 선생님의 상여가 나가는 날에는 다행히 비가 그쳤다. 그래서 엄마들이 고뿔 걱정 없이 아이들을 이 선생님 댁에 보내주었다. 우모리에서 이 선생님에게 글을 배우지 않은 아이는 없었다. 상여를 따라 장지까지 갈 수는 없었지만 상여가 나갈 때 우리는 모두 이 선생님 댁 문앞에 섰다.

"선생님, 안녕히 가세요."

우리는 일제히 허리를 굽혀 인사를 했다. 몇몇 아이들은 벌써 훌쩍거리고 있었다. 나도 콧등에 눈물이 핑그르르 도는 것을 애써 참았다. 왠지 모르겠지만 드란댁 마님이 계신 곳에서 나까지 울어버리면 안 될 것 같았다. 드란댁 마님은 우리를 침중하게 내려다보다가 말씀하셨다.

"얘들아, 이제 너희 물건들을 가져가렴. 이 선생님도 너희가 가져가서 계속 공부하는 걸 바라실 거다."

누가 시키지도 않았는데 우리는 한 줄로 서서 소리 죽여 이 선생님 집에 들어갔다. 이 선생님은 평소에도 우리 책과 공책, 그림들을 단정하게 정리해두셨기 때문에 자기 물건을 찾기는 쉬웠다. 우리가 각자 한 손에 작은 보따리를 들고서 나오고 있을 때였다.

"악!"

뒷마당 쪽에서 짧은 비명 소리가 들려왔다. 우리는 자기도 모르게 소리가 난 쪽으로 우루루 뛰어갔다. 드란댁 마님도 우리를 따라 성큼성큼 걸어오셨다.

"무슨 일이니?"

"마님, 저, 저거…."

나보다 두 살 많은 정희 언니가 마당 한쪽을 가리키며 바들바들 떨고 있었다. 처음에는 뭐가 이상한지 알 수 없었다. 늘 보던 개집 안에 백구가 잠들어… 가만, 백구가 잠들어 있어? 그럴 리가 없었다. 백구는 멀리서 우리 기척만 나도 반갑다고 뛰어오던 개였다. 게다가 백구 앞에 놓인 밥그릇에서 밥알들이 움직이고 있었다. 나는 한두 걸음 그쪽으로 다가갔다가 꺅 소리를 지르며 서너 발자국 뒤로 물러났다. 움직이는 밥알이라고 생각했던 건 통통하게 살찐 구더기들이었다. 나도 구더기 한두 마리쯤이야 잡아 죽일 수 있지만 이렇게 크고 많은 구더기를 변소 밖에서 본 것은 처음이었다. 밥알이 아니라 구더기라는 것을 깨닫자마자 속이 뒤집어지고 울렁거렸다. 다리에 힘이 빠졌다.

"모두 이쪽으로 와라. 너희는 나가 있어!"

드란댁 마님의 목소리가 희미하게 들렸다. 내가 뒤로 주저앉으려는 순간, 강철 같은 손아귀가 내 겨드랑이에 들어와 몸을 부축했다. 마님이셨다. 허겁지겁 나가는 여러 아이들의 발소리 속에서 마님은 가뿐하게 나를 옆으로 안아 올리셨다. 나는 나도 모르게 마님에게 꼭 달라붙었다. 마님은 나를 안은 채 두어 발자국 백구 쪽으로 더 다가갔다.

"가만있어라. 너는 볼 필요 없어. 눈 감고 있어라."

마님이 말씀하셨지만 나는 보고 말았다. 희한한 색깔의 번쩍거리는 곰팡이가 백구의 얼굴 한쪽과 몸 반쪽을 거의 다 뒤덮고 있었다. 지금 생각해보면 형광주황색에 가장 가까운 색이지만 그때는 형광색이 무엇인지 모를 때였다. 하지만 그때도 그 색깔이 자연스럽게 나오는 색깔이 아니라는 것은 어렴풋이 알 수 있었다. 나는 욕지기가 치밀어올라 마님에게 더 꼭 달라붙었다. 그러자 마님이 몸을 휙 돌렸다.

"다 봤다. 이제 가자. 걸을 수 있겠니?"

눈을 꼭 감고 고개를 젓자 마님은 그대로 나를 안아 집까지 데려다주셨다. 이 선생님 댁에서 집까지 가는 길 동안 마님은 아무 말씀도 하지 않으셨지만 나는 마님이 조용히 분노하고 있는 것을 느낄 수 있었다. 마침내 집 앞까지 오자 나는 가냘픈 소리를 냈다.

"됐어요, 마님. 저 이제 걸어갈 수 있어요."

마님은 말없이 고개를 끄덕이시더니 나를 내려주었다. 그때 나는 마님이 소리 죽여 중얼거리는 말을 들은 것 같았다.

"…가만두지 않을 테다."

내가 제대로 들은 걸까? 나는 눈을 크게 뜨고 마님을 바라보았다. 그러나 이미 마님은 몸을 돌려 큰 걸음으로 멀어져가고 계셨다.

우모리에 오기 전 장씨 할머니는 큰 무당이었다고

한다. 그러나 그때는 무당에게 너그러운 시절이 아니었다. 일본 놈들은 무당이 굿을 하지 못하게 막았고, 순사가 늘 무당의 물건을 빼앗아가려 들었다고 한다. 해방이 되었어도 마찬가지였다. 선교사를 앞세운 미군은 온갖 핑계를 대어 무당들을 마을에서 쫓아내려고 했다. 우모리가 처음 세워진 것도 드란댁 마님이 장씨 할머니를 구해왔을 때였다고 한다.

"큰 귀신이 오셨구먼…."

드란댁 마님이 다가오자 고갯길에 쓰러져 있던 장씨 할머니가 죽어가는 소리로 말했다. 드란댁 마님은 장씨 할머니를 픽 비웃었다.

"아주 가짜 무당은 아니네. 하지만 무당이 무슨 소용이 있을까. 할멈 말마따나 내가 큰 귀신이라 내 근처에는 잡귀가 안 오는데."

그래도 마음씨 고운 드란댁 마님은 할머니를 데려다 치료하고 작은 집도 지어주셨다고 한다. 그것이 우모리의 시작이었다. 장씨 할머니는, 사람이 혼자 어떻게 사냐, 다 죽어가는 걸 살려냈으면 책임을 져라 하며 변죽 좋게 드란댁 마님에게 이것저것 요구했고. 드란댁 마님은 장씨 할머니의 뻔뻔함에 진절머리를 내면서도 양식도 갖다주고 바깥에서 이런저런 사정으로 숨어 살아야 할 사람들이 있으면 데려오기도 했다.

마님이 드란댁 마님이 된 것도 장씨 할머니 때문이다. 어느 날인가 할머니가 마님에게 물었다.

"그런데 큰 귀신은 어디서 오셨수? 내가 늘 큰 귀신이라고 부르는 것도 뭐하잖수?"

마님은 노인과 어린아이에게 약한 구석이 있으셔서 그런지, 큰 귀신이라는 말에도 화내지 않고 흔쾌히 대답했다.

"할멈 혀로 발음이 되려나 몰라. 트란실바니아라고, 있어. 우리 고향."

"트란… 어렵구랴, 어려워. 그냥 나는 드란댁이라고 부를라오. 드란 어쩌고 하는 곳에서 왔으니 드란댁."

평소 마님은 웃거나 화내거나 슬픈 표정을 티 나게 지으시는 분이 아니다. 재미있는 일이 있어도 기껏해야 입가에 슬쩍 웃음을 띠시거나 화나면 눈썹을 살짝 치켜올리시는 정도다. 하지만 그때 그 말을 들은 마님은 마구 소리 내어 웃으셨다고 한다. 그다음부터 장씨 할머니는 늘 마님을 드란댁이라고 불렀고 마님도 할머니가 부르는 대로 대답해주시고 하다 보니 그다음에 들어온 사람들도 마님을 드란댁 마님이라고 부르게 되었다.

그렇지만 장씨 할머니와 마님이 자주 만나는 건 아니었다. 무엇보다 장씨 할머니는 혼자 있는 것을 좋아했다. 아이들이 할머니 집 근처에 얼씬거리면 지팡이를 휘저어 내쫓았고, 어른들은 드란댁 마님만큼은 아니라도 할머니를 무서워하고 어려워했다. 그리고 드란댁 마님 아래에서 살아가는 삶은 대체로 평온했기 때문에 무당을 찾을 일도 별로 없었다. 마을 사람들이 농사짓고 남은 쌀에서 어느 정도 덜어 장씨 할머니 댁에 드리고, 할머니는 가끔 혼자서 마을 사람들의 평안을 빈다며 며칠 신당에 들어가 박혀 있고, 그 정도가 마을 사람들과 할머니의 교류였다. 마을 사람들이 점점 늘어나면서 마님은 이런저런 사무가 늘어났고 장씨 할머니를 찾을 일은 점점 없어졌다. 장씨 할머니도 그것을 아쉬워하거나 서운해하는 것 같지 않았다.

그러고 보면 우모리에는 이상할 정도로 무속 신앙이 없었다. 일제 때 공출이나 징병 때문에 도망친 사람, 엄마 집처럼 딸들이 정신대에 끌려갈까 봐 도망친 집, 전쟁 때 이웃 사람에게 공산당이라고 찍히거나 지주 친척이라고 고발당해 도망친 사람, 이런 사람들은 세상도 신령도 믿지 않았다. 눈에 보이지 않는 조왕신이나 터주신이 자신들을 지켜주지 않았고 성주신이나 업구렁이가 야반도주할 때 동전 한 푼 보태주지 않았다는 것을 똑똑히 기억하고 있는 사람들이었다. 가장 무서운 역신은 마마나 호랑이가 아니고 자신들을 고발한 사람들이었다. 가장 못 믿을 것이 사람이었기 때문에 오히려 우모리 사람들은 드란댁 마님 아래에서 서로 믿고 살았다.

어쩌다 우모리 밖으로 빠져나가려는 사람이 있으면 드란댁 마님이 귀신같이 알아서 처리하셨다. 우모리 초창기, 내가 태어나기 전 우모리에서 도망치려던 사람이 있었다고 했다. 전쟁의 혼란 속에서 여자를 겁간하려다가 마을 사람들에게 멍석말이를 당한 후 마을 밖에 내버려져 있던 남자였는데 드란댁 마님이 그 꼴을 보고 데려다가 장씨 할머니한테 살려내서 허드렛일이라도 시키라고 던져주셨다. 그런데 남자가 정신을 차리고 몸을 좀 추스르고 나자 우모리에서 도망칠 생각부터 한 거다. 사내라고는 서넛밖에 없고 어린 여자는 그보다 더 적고 술판도 노름판도 벌어지지 않는 데다 온 마을 허드렛일은 자신이 다 도맡아 해야 하는 처지라는 것을 알고 간 크게도 돈을 훔쳐 빠져나갈 생각을 했다. 우모리에 온 사람들은 돈 한 푼 없이 목숨만 간신히 건져 도망친 사람들이 대부분이었고 돈이 있다고 해도 쓸 곳이 없으니 모든 돈은 드란댁 마님 댁에 있었다. 마님의 허우대를 보고도 여자니까 자기가 이길 수 있다고 생각을 한 걸까, 아니면 마님이 없는 틈을 타서 들어간다고 했는데 마님이 마침 거기에 서 계셨던 걸까?

그건 중요하지 않다. 그 남자는 사지가 찢겨 죽었다고 한다. 문자 그대로 마님은 남자의 목을 뽑아내고 팔다리를 뜯어내버리셨다고 한다. 유혈이 낭자한 남자의 시체는 마을 밖 산속에 갖다 버리라고 하셨다. 마을 남자들은 벌벌 떨며 더 이상 시체라고도 할수 없는 팔다리 몸뚱이를 수레에 실어 마님이 말씀하신 곳에 가져다 버렸다. 그다음 날 간 큰 사람 하나가 가보니 핏자국만 남고 늑대인지 여우인지 모를 짐승 발자국이 가득한 채 시체는 흔적도 없었다고 한다.

"마님이 산짐승들까지 다스리시는가 봐."

그걸 본 사람이 그렇게 떠벌렸고 사람들은 그 말 그대로 믿었다. 설명할 수 없지만 있는 그대로 믿지 않으면 안 될 것들이 너무 많았다. 우모리에는 드란 댁 마님이 허락한 사람만 올 수 있고, 전국 곳곳을 떠돌아다니는 엿장수나 방물장수 하나 찾지 않았으며, 그토록 악랄하게 여기저기 쑤셔대는 관가 사람들도 얼씬하지 않는다는 것 자체가 있는 그대로 믿지 않으면 안 될 수수께끼인데, 키가 8척이 넘는 여인이 살고 있고 그 여인이 맨손으로 다 큰 사내의 목을 뽑아 버릴 수 있는 괴력을 갖고 있다는 것은 거기에 비하면 오히려 사소한 일이었다. 그런 여인이라면 온 산의 산짐승들을 다스린들 이상한 일도 아니었다.

그다음 날 저녁, 마님은 온 마을 사람들을 집 마당으로 불러 모아 여상한 목소리로 말하셨다.

  "너희가 우모리에 매인 건 아니다. 떠나고 싶으면 떠나도 된다. 하지만 우모리 다른 사람에게 해코지를 하고 도망친다든가, 내게 떠난다는 말을 하지 않고 떠난다든가, 떠난 후 우모리에 대해 누군가에게 발설한다든가 하면 어제 죽은 놈 꼴이 날 것이다.

  너희는 모르지만 세상이 많이 변하고 있다. 너희가 지금 나가서 세상에 제대로 맞춰 살 수 있을지 잘 모르겠다. 고향으로 돌아간들 너희가 아는 고향이 아닐 것이요, 그렇다고 도시에 가서 산들 너희가 지금 있는 밑천마저 다 털어먹고 끼니 걱정을 하지 않는다는 보장이 없다. 너희 하나하나가 다 내가 직접 구해낸 목숨들이다. 그렇게 값싸게 팔려나가는 건 나도 싫다.

  그러니 정 나가고 싶으면 내게 말을 해라. 그러면 내보내주마. 그렇지만 날 속이고 도망칠 생각은 하지 마라. 알겠느냐?"

  "네, 마님!"

  ✳

마을 사람들은 거짓 없는 한마음으로 대답했다. 그 다음부터 우모리에서 나가려는 사람은 아무도 없었다. 안 그래도 바깥세상의 신산한 맛을 질리도록 보고 온 사람들이었다. 모두 드란댁 마님의 보호 아래 사는 것이 바깥 풍파에 휩쓸리는 것보다 훨씬 낫다고 생각했다. 우모리에 들어올 때 어린이였던 아이들은 처녀 총각이 될 때까지 바깥이 얼마나 무서운 곳인지 아버지 어머니에게 질리도록 듣기 마련이었다. 자연히 다들 바깥에 나가고 싶은 마음이 없었다.

우리는 그렇게 살았다. 한 달에 한두 번 드란댁 마님이 외지에 나가 이런저런 일을 보시고 필요한 것을 사오셨다. 우리는 드란댁 마님이 마련해주시는 먹을거리와 입성과 농기구를 가지고 일 년 동안 부지런히 농사를 지었다. 수매철이 되면 드란댁 마님이 불러오신 트럭에 농사지은 쌀을 모두 실어 보냈고, 제삿날이 있으면 마님이 고기를 떼어오셨다. 어쩌다 누가 아파서 의사가 필요하다고 하면 드란댁 마님이 업고 마을 밖으로 나가 의사에게 데려갔다. 다녀온 사람들은 고개를 절레절레 흔들며 몸이 나은 건 좋지만 세상이 너무 많이 변했더라고, 자기는 밖에 나가면 못 살 것 같다고 이야기하곤 했다. 세시 명절 때면 마님이 웬만한 장터 못지않게 후하게 음식과 물건들을 쌓아놓고 마음대로 가져가라고 하셨다. 아이들은 추석도, 설도, 정월 대보름도 즐겁게 보냈고, 어른들도 명절 기분을 냈다. 겨울철에는 짚을 꼬아 짚신도 만들고 밀짚모자도 만들었다. 특히 집안 여자들이나 아이들에게 손찌검을 하는 사내가 있으면 드란댁 마님이 혼쭐을 내주셨다. 내가 여덟 살 때부터 바깥에서는 새마을 운동을 한다고 난리였다지만 우리는 그런 것 없이도 노름 없고 술 없고 주먹질 없는 새마을을 우리끼리 만들어가고 있었다.

그만큼 마을은 평온하고 별일 없었다. 크게 벌이는 공사도 없고 논의 물길을 고칠 때도 서로 다툴 일이 없었다. 그래서 이 선생님 상여가 나간 다음 날 드란댁 마님이 갑자기 장대비 속에 동네 젊은 장정들을 다 모아놓고 이 선생님 집에서 오 리 밖에 떨어져 있지 않던 우물을 메우라고 하시자 마을 사람들은 모두 놀라 수군거렸다.

"아니, 왜 멀쩡한 우물을 메우라 그러신대?"

"멀쩡해? 자네 그 우물이 멀쩡해 보이던가?"

"우물이 뭐가 어때서?"

"이 선생님 돌아가신 날부터 우물에 귀신이 씌었어. 그 왜, 산에 뭐가 와서 부딪힌 날 말이야. 기억나지?"

"기억나지. 그때 우리 집 아이들이 놀라서 경기를 했는데."

"그날 비가 하도 와서 잘 안 보였을 수도 있지만, 그날부터 이상한 퍼런빛이, 아니야, 퍼런빛도 아니고 푸른빛도 아니고 기분 나쁘게 칙칙하고, 하여간 이상한 도깨비불 같은 빛이 우물가에 번쩍거리면서 나돌아다니더란 말이야."

"번개 치는 걸 잘못 본 거 아니야?"

"나도 처음엔 그런 줄 알았는데, 아니야…. 번갯불처럼 눈부시게 밝은 파란색이 아니더라고. 자네도 보면 알아. 시체 썩을 때 돌아다니는 도깨비불도 그것보다는 나을 거야. 이거는 빛은 빛인데, 어둡고 칙칙하고 썩은 버섯 쪼개질 때처럼 직직 늘어지는 기분이

든다니까."

"하긴… 요즘 개들도 유난히 그쪽을 보고 짖더라마
는…."

"자네 집 개도 그런가? 우리 집 개도 밤만 되면 그
쪽으로 으르렁거려서…."

웅성웅성하던 소리는 드란댁 마님이 대청마루에
나오시자 조용해졌다.

"이런 날씨에 불러서 미안하네."

마루 아래 마당에는 기침 소리 하나 나지 않았다.
남자들은 모두 고개를 반쯤 숙이고 비를 맞으며 마님
의 명을 기다리고 있었다. 드란댁 마님은 가만히 하
나하나 장정들의 얼굴을 둘러보셨다. 나이 열다섯이
안 된 아이, 나이 마흔다섯이 넘은 어른과 여자들을
빼자 모인 사람은 열두어 명 남짓이었다. 드란댁 마
님은 잠시 눈을 감았다가 뜨고 말씀하셨다.

"짐작한 사람도 있겠지만 이 선생은 그냥 죽은 게
아니야. 우모리 하늘에 요물이 자리 잡았네. 그 요물
때문에 우물에 독이 끼었고 이 선생은 그 독에 당했
어. 그래서 이런 날씨지만 하루빨리 우물을 메워야

하는 게야. 그 물을 오래 쓰면 자네들도 병에 걸리거
나 죽을 테니까. 먹고 씻을 물은 당분간 빗물을 받아
끓여 쓰게. 마을 북쪽에 지하수 구멍을 새로 팔 테니
모두 그리 오래 고생하지는 않을 걸세. 다들 장작은
잘 모아놓았지?"

"예, 마님!"

우모리는 산속에 있던 마을이었고 봄가을이면 사
내들은 모두 도끼로 장작을 패서 집 안 창고에 쟁여
놓았다. 여름이라 방에 불을 넣을 일은 없었지만 밥
한 끼를 해도 아궁이에 장작불을 때야 하는데 장작을
소홀히 해놓았을 리는 없었다. 드란댁 마님이 고개를
끄덕이셨다.

"이건 자네들이 생각하는 것보다 위험한 일이야.
누구라도 우물을 메우다가 조금이라도 상처가 나면
나한테 오게. 독 기운이 상처로 들어올지도 모르니
까."

"걱정 마십쇼. 며칠을 비가 와서 땅이 물러 있으니
까 반나절이면 파서 메울 겁니다."

삽을 든 장수 아저씨가 씩씩하게 말했다.

드랜댁 마님의 얼굴에 희미한 웃음이 깔렸다. 그러나 즐겁거나 미더운 웃음이 아니라 어딘가 힘이 빠진 웃음이었다. 억울하고 분한 마음이 웃음에 깔릴 수 있다면 바로 그런 웃음이었다. 나는 가슴이 내려앉는 것 같았다.

"자, 그럼 가세."

마님은 우산을 쓰고 성큼성큼 대문으로 걸어가셨다. 마님은 수수하게 검은 통치마에 밝은 회색 저고리를 입고 계셨지만 어두운 빗발 속에서 마님의 옷에는 유독 한 방울도 비가 튀지 않는 것 같았다. 그 뒤로 손에 손에 삽과 곡괭이를 든 마을 장정들이 비를 맞으며 줄줄이 따라갔다. 마지막으로 열일곱 살 철민이 오빠까지 나가고 나자 여닫이 대문이 스르륵 닫혔다.

나는 이 모든 것을 마님 집 안방에서 살짝 열린 문 사이로 내다보고 있었다. 마님은 아무나 안방에 들이는 분이 아니셨지만 나만은 예외였다. 마님을 귀찮게 하지 말라는 아빠 엄마의 엄한 말 때문에 자주 오지는 못했지만 어쩌다 내가 댁에 가면 마님은 나를 안

방에 들여놓고 엿이나 알록달록한 과자를 주며 글은 잘 읽는지, 요즘은 무슨 책을 읽는지, 공부는 재미있는지 물어주셨다. 동네 언니나 친구들과 놀다가 심심할 때면 나는 며칠 밤이나 자야 마님 댁에 자주 가는 게 아닐까, 손을 꼽으며 날을 세곤 했다.

하지만 그날은 마님 댁에 놀러 간 것이 아니었다. 무서운 악몽을 꾸었던 것이다. 꿈속에서 나는 이 선생님 댁 마루에 있었다. 우모리 맨 남쪽에 있는 이 선생님 댁은 장씨 할머니 댁과 마주 보고 있었고 그보다 더 남쪽에 우물이 있었다. 우물에서 조금만 가면 산이었다. 꿈속에서는 며칠 전처럼 번개가 계속 내리쳤고 나는 장대비를 피해 이 선생님 댁 마루에 앉아 있었다. 하늘은 계속 어둡고 비가 오는데 곁에는 아무도 없었다. 희한하게도 꿈속에서는 이 선생님이 돌아가신 것을 알고 있었는데 백구가 죽었다는 건 기억나지 않았다.

'백구가 감기 걸리겠다.'

나는 잠깐 비를 맞더라도 백구를 집에 들여놔야겠다고 생각하고 마당으로 뛰어나갔다. 그런데 백구가 보이지 않았다. 우물 쪽으로 간 것 같다는 생각이 얼핏 들었다.

"백구야, 백구야! 어서 돌아와."

빗속을 걸어가기는 싫었지만 이 비를 그대로 맞다가는 백구까지 죽을 것 같았다. 잠시 걸어가자 온몸이 젖으며 뼛속까지 얼어붙을 듯한 한기가 끼쳤다. 정신없이 백구를 부르며 가다 보니 어느새 우물가까지 와 있었다. 백구가 짖는 소리가 우물 너머에서 들리는 듯도 했다. 우물을 돌아가려고 하는 순간, 우물에서 부들거리는 해초 같은 것이 마치 살아 있는 것처럼 굼실굼실 기어 나왔다. 해초가 닿는 곳마다 토할 것같이 역겨운 냄새가 났다. 나는 그 해초에 엉키지 않으려고 두어 걸음 물러섰다.

그때 나는 하늘을 보았다.

하늘은 도저히 하늘 같지 않은 색깔들로 가득 차 있었다. 맑을 때의 파란색이 아닌 것은 당연했지만 먹구름 아래의 어두운 회색이나 검은색도 아니었다. 오히려 형형히 빛나는 노랑, 빨강, 고동, 녹색 등이 소용돌이치고 서로 충돌하며 하늘을 가득 메우고 있

었다. 그 어지러운 하늘색이 비에 녹아내려 내게 스
며드는 것 같았다. 이 비를 맞고 싶지 않았지만 뒤를
돌아보자 돌아갈 마을이 보이지 않았다. 아니, 보이
는 것은 마을의 폐허뿐이었다. 아무도, 아무것도 남
아 있지 않았다. 내가 비명을 지르는 순간 천둥소리
가 그 비명을 묻어버렸고, 이어 하늘을 가르고 발밑
에 떨어지는 번개는 칠흑같이 검은색이었다.

그리고… 그리고…

하늘이 열리고 있었다. 천천히. 아주 천천히.

그다음은 아무것도 기억나지 않았다. 정신을 차려
보니 나는 드란댁 마님 안방에 있었다. 마님이 나를
안아주고 계셨다. 나는 온몸을 부들부들 떨며 마님의
품에 파고들었다. 마님의 품은 따스하기보다 서늘했
지만 꿈속에서 맛보았던 서슬 푸른 한기와는 결이 달
랐다.

"마님…."

마님은 마른 수건으로 내 머리를 두 번 세 번 닦으
며 말씀하셨다.

"꿈이다, 마리야. 네가 자는 채로 꿈을 꾸면서 우리

집으로 뛰어왔어. 이런 날씨에 갑자기 대문이 열려서 나도 깜짝 놀랐단다."

"마님, 살려주세요! 우물이, 하늘이 절 잡아먹으려고 했어요!"

나도 모르게 소리를 지르고 와앙, 울어버렸다. 마님은 고개를 끄덕이며 내 꿈 이야기를 다 들어주셨다. 그러나 이야기를 듣던 마님의 얼굴이 점점 굳었다.

"알겠다, 우물도 문제로구나."

"네?"

나는 무슨 말인지 알아듣지 못하고 반문했다. 마님은 잠시 어떻게 말해야 할지 고민하는 듯이 주저하다가 말씀하셨다.

"우물에 귀신이 씌었다고 생각하면 될 거다. 마리야, 집집마다 가서 남자들을 좀 불러와라. 너무 어린 아이도 안 되고 너무 나이 든 사람도 안 된다. 열다섯은 넘고 마흔다섯은 안 된 남자들만 데려와라. 위험하니까 외동아들도 안 돼. 그리고 우물을 메워야 하니까 집에 있는 삽이나 곡괭이도 들고 오라고 해."

"네!"

막 뛰어나가려는 순간, 마님은 내 손을 잡았다. 마님 손은 빗속에 있던 내 손만큼이나 차가웠다.

"비 더 맞으면 앓아눕는다. 저기 뒤편에 있는 우산 받치고 다녀오너라."

나는 온 동네를 돌아다니며 남자 어른들을 불러 모은 다음, 도로 마님의 안방에 들어가 수건으로 몸을 닦았다. "저도 따라갈까요?" 하고 물었으나 마님은 손을 내저으셨다.

"너는 여기서 쉬고 있어라. 네가 오늘 할 일은 충분히 했다."

그래서 마님이 나가고 대문이 닫히는 것까지 보고 나는 마님이 펼쳐주신 이부자리에 쓰러지듯이 누워 버렸다. 눕자마자 잠이 들었고 이번에는 아무 꿈도 꾸지 않았다.

우물을 메우고 하루가 지나자 거짓말처럼 비가 멈추었다. 날이 맑아지자 마님은 우리 집에 들러 아빠에게 몇 가지 지시를 하고는 또 훌쩍 떠나셨다. 마님이 우모리를 나가시는 일이야 늘 있는 일이라 우리는 그러려니 했다. 그러나 아빠와 마을 어른들은 긴장한 모양이었다. 마님네를 빼고는 만재 아저씨네 집이 우리 동네에서 제일 넓었다. 어른들은 낮에는 폭우 뒤처리를 하느라 바빴지만 저녁이 되면 만재 아저씨 집에 모여 웅성거리며 뭔가를 의논했다.

"마님이 말씀하시길⋯."

"하지만 이대로 가면⋯."

"아이들은 앞으로 어쩔 것이며⋯."

어쩌다 우리 아이들이 만재 아저씨 집 근처에 가면 대문 제일 가까이 앉아 있던 장수 아저씨가 험상궂은 표정으로 우리를 내쫓았다. 장수 아저씨의 솥뚜껑 같은 손바닥으로 엉덩이나 등짝을 얻어맞으면 얼마나 아픈지 우모리 아이들은 모두 다 잘 알고 있었기 때문에 그쪽으로는 얼씬도 하지 못했다. 아빠가 집으로 돌아오면 이번에는 엄마와 이불 속에서 소리 죽여 한참 두런거렸다. 우리는 처음에는 궁금해 죽을 지경이었지만 하루 이틀 지나자 이제 그러려니 하고 신경 쓰지 않게 되었다.

아이들이라고 바쁘지 않은 것이 아니었다. 우선 엄

마들이 밀린 빨래를 하는 곳에 빨랫감을 함께 들고 따라가야 했다. 개울가에 가 있으면 동네 아이들을 거의 다 만날 수 있었다. 큰 언니, 오빠들은 제법 엄마들을 도와 빨랫감을 비비거나 돌 위에 메치는 시늉이라도 하고 열 살이 안 된 아이들은 물이 얕은 곳에 모여 놀았다. 예전이라면 산에 나물이라도 캐러 갔겠지만 이 선생님이 돌아가시고 우물을 메운 다음부터 아무도 산 쪽으로는 가지 않았다. 하루종일 빨래만 하기도 버거웠다. 그동안 밀린 빨래가 얼마나 많았던지 며칠을 계속해서 빨고 널어 말려야 할 참이었다. 그렇게 이삼일 엄마를 따라 빨래터에 따라간 날이었다.

"야, 마님 오신다!"

심심해하며 개울가에서 물을 찰방거리며 돌 장난을 하고 있던 우리에게 영철이 오빠가 뛰어오며 소리쳤다. 우리는 우르르 일어서서 영철이 오빠를 둘러쌌다.

"어디, 어디?"

"마을까지 다 오신 거야?"

나는 조금 분했다. 평소에는 마님이 돌아오실 때쯤

에 내가 표석에 나가 기다리곤 했는데, 이번엔 영철이 오빠가 마님을 먼저 보다니. 영철이 오빠는 궁금해하는 동생들의 표정을 즐기듯이 쓱 둘러보더니 말했다.

"그런데 마님이 혼자 오신 게 아니야. 커다란 차랑 웬 아저씨랑 같이 오셨어."

"어이구, 내가 대우읍 근처를 한두 번 드나든 게 아닌데 이런 마을이 다 있었네. 처음 봅니다, 아주머니. 여기가 어딥니까? 언제부터 있었어요?"

영철이 오빠가 본 아저씨는 굴삭기 기사였다. 포장길도 아닌 곳을 털털거리며 오느라 힘들었는지 기사 아저씨는 모자를 벗고 땀을 한번 닦아내며 주변을 둘러보았다. 아이들은 신기한 마음에 조금씩 굴삭기 쪽으로 움직이려고 했고 어른들은 그런 아이들을 잡아당겨 앞으로 못 나가게 했다. 하지만 어른들의 얼굴에도 호기심이 떠올라 있는 것은 마찬가지였다. 가끔 누가 무슨 일이 있을 때 마님이 데리고 바깥에 나가신 적은 있어도 외지 사람이 마을에 들어오는 것은 처음이었다.

마님은 여느 때처럼 위풍당당한 모습이 아니라 밖에 나가실 때의 허리 굽은 할머니 모습을 한 채로 말했다.

"우모리 마을이라고, 광복 전에 일본 놈들이 하도 못살게 굴어서 피난 온 사람들이야. 광복 후에도 전쟁이다 뭐다 한창 어지럽지 않았나. 인민군 놈들이 여기를 못 찾아서 다행이지."

"허이구, 생각보다 오래된 마을이구먼요. 그런데 아직도 우물을 쓰고 계셨어요? 요즘은 웬만한 동네는 새마을운동 한다고 다 펌프로 바꾸는데."

"그래서 우리도 이번에 벼르다 벼르다 돈을 모아서 이렇게 공사를 하는 거 아닌가. 어서 땅이나 파주시게. 이쯤 파면 될 거야."

마님은 마을 북쪽 들판에서 제법 떨어진 곳 두 군데를 가리켰다. 둘 다 우리 동네에서 가기에는 편했다. 예전 남쪽 우물보다 가까운 곳이었다. 그러나 기사 아저씨는 황당하다는 표정을 지었다.

"여기 파서 어떻게 하시게요? 수도관에 연결하나

요?"

"여기는 수도가 안 들어와. 우물 대신이야."

"그… 여길 파면 물이 있다는 걸 어떻게 압니까?"

"다 알아. 자네는 그냥 파기만 하게."

"파라니까 파기는 합니다만, 물이 안 나와도 제 탓 아닙니다."

기사 아저씨는 굴삭기 운전석에 올라앉더니 땅을 파내기 시작했다. 대여섯 삽을 힘껏 떠야 나올 만한 분량의 땅이 한 번에 패었다. 그렇게 한 시간쯤 지났을까, 놀라고 기뻐하는 아저씨의 목소리가 터져 나왔다.

"와, 하하! 정말 물이 나오겠네요. 구덩이 아래 물이 찰랑찰랑한데요."

"그러면 이제 여기를 파게."

이렇게 일사천리로 일이 진행되었다. 기사 아저씨가 판 구덩이에 커다란 펌프가 박혔다. 우리는 신기해하며 그 둥그런 몸체와 긴 손잡이를 쳐다보았다. 아이들은 손잡이를 만져 보고 싶어 했지만 아직은 공사가 다 끝나지 않았다고 했다. 그다음 날에는 미장

이 아저씨들이 와서 시멘트로 바닥을 만들고는 마를 때까지 시멘트에 발을 디디면 안 된다고 신신당부를 하고 갔다. 마침내 시멘트가 다 마르고 나자 마님은 개울에서 물을 한 양동이 길어오라고 하셨다. 장수 아저씨가 물을 길어오면서 물었다.

"이걸 어떻게 쓰는 겁니까, 마님?"

마님이 한 손으로 양동이를 번쩍 들어 위에 난 둥 그런 구멍으로 절반 정도를 부었다.

"이걸 마중물이라고 하는데 펌프질을 할 때마다 이 물을 조금씩 부어줘야 해. 그다음에는 이렇게 하는 거라네."

마님이 펌프 주둥이 아래 양동이를 놓고 손잡이를 두어 번 위아래로 철컥거리자 아래쪽을 향한 펌프 주둥이에서 천천히 물이 나오기 시작했다. 물은 곧 콸 콸 쏟아져 나와 양동이를 도로 다 채웠다. 신기해서 눈이 휘둥그레진 장수 아저씨 손에 마님이 양동이를 쥐여주었다.

"한번 해봐. 힘들지 않아."

장수 아저씨는 물을 조금이라도 엎지르면 큰일 날

것처럼 조심조심 양동이를 들고 다른 펌프 쪽으로 갔다. 주춤거리며 펌프 위쪽으로 물을 붓고 대여섯 번 손잡이를 누르자 이쪽 펌프에서도 물이 쏟아졌다.

"와!"

마을 사람들은 자기도 모르게 환성을 질렀다. 이제 독이 들어 메워버린 우물을 아쉬워하지 않아도 됐고, 물이 필요할 때마다 개울가로 가거나 받아놓은 빗물에 의지하거나 하지 않아도 됐다. 이렇게, 전쟁이 일어난 지 이십 년 만에 우모리에 신문물이 들어왔다.

그러나 펌프를 설치하고 이삼 일이 지난 후 일어난 웃지 못할 후일담이 있었다. 저녁 준비를 하려고 펌프에서 신나게 물을 퍼 담던 정희 언니가 마님 댁으로 달려온 것이다.

"마님, 누가 와요!"

정희 언니가 헐떡거리며 마님에게 고했다. 마님은 가볍게 혀를 찼다.

"역시, 경박한 인간들 같으니…."

마님은 휘적휘적 걸어 펌프장으로 가셨다. 펌프장에서 1리쯤 떨어진 곳에 세 남자가 서 있었다. 한 사람은 굴삭기 기사 아저씨였고 한 사람은 키가 작고 한 사람은 키가 커서 싱거워 보였다. 직접 경찰을 본 적은 없었지만 그 두 사람이 입은 옷은 그림책에서 본 경찰 복장과 비슷했다. 굴삭기 기사 아저씨는 억울한 듯 경찰에게 열심히 항변하고 있었다.

"여기 분명히 마을이 있었다니까요. 한두 사람이 아니었습니다."

키가 작은 경찰이 답답하다는 듯이 말했다.

"이봐, 여기는 야산이야. 지적도에도 야산으로 나와 있고 우리 눈으로 봐도 산 아닌가."

"아니에요. 조금만 더 둘러보십시다. 정말로 북한군 공비들이 숨어 사는 마을을 제가 발견한 거면 경찰 나리들도 승진하시는 거잖아요. 저도 현상금을 타고…."

"그러니까 그런 노다지가 있으면 왜 지금까지 아무도 못 찾았겠냐고. 그리고 간첩이 있으면 대처로 와서 정보 수집을 하지 이런 산골짜기에 기둥뿌리를 박고 숨어 살겠어?"

키 큰 경찰도 못 미덥다는 듯이 말했다. 마님은 아

무 말 없이 서서 그 세 사람을 노려보고 있었다.

세 남자는 한참 옥신각신하면서 마을 북쪽 주위를 빙 돌았다. 희한하게도 그들은 마을로 더 가까이 다가오지 못했다. 한번은 마을 안으로 좀 더 들어와보려다가 이상한 자세로 뒤로 넘어지더니 투덜거렸다.

"아야야. 이거 완전 바위산이잖아. 미끄러워서 올라가지도 못하겠네."

정희 언니와 나는 안절부절못하며 마님만 바라보고 있었다. 하지만 경찰들의 인내심은 오래가지 못했다. 경찰들은 굴삭기 기사 아저씨를 타박했고 기사 아저씨는 "거 참, 여우한테 홀렸나…. 아닌데, 멀쩡하게 돈도 받았는데" 하고 중얼거리며 마을에서 점점 멀어졌다. 그들이 떠나고 나자 마님의 어깨가 조금 내려앉았다. 멀어져가는 남자들의 뒷모습을 눈으로 쫓으며 마님은 깊은 한숨을 쉬더니 말씀하셨다.

"됐다. 당분간 또 누가 오지는 않을 거다."

우물을 메우러 다녀와서 좋은 일만 있었던 것은 아니었다. 마을에서 남자 하나가 죽었다.

*

우물을 메우러 갔던 사람 중에서 제일 어렸던 철민이 오빠였다. 우물을 메우다가 삽날이나 곡괭이에 장화 바닥을 살짝 베었으리라. 고무장화 발 부분에 틈이 나 있었는지도 모른다. 그리고 그 틈으로 우물물이 스며들었을 것이다. 그때 오빠의 발에 무슨 상처라도 나 있었는지 아니면 우물물에 한참 닿아 있던 것만으로 독이 올랐는지 오빠도, 아무도 모를 일이었다. 오빠의 엄마인 기산네 아주머니가 드란댁 마님에게 헐레벌떡 뛰어온 것은 우물을 메우고 나서 이미 일주일이 지난 후였으니까. 마침 그때 나는 마님과 함께 있었다. 그 무서운 꿈을 꾸고 난 다음부터 마님은 나를 아예 끼고 살다시피 하셨고, 덕분에 나는 악몽을 조금씩 극복해가고 있었다.

"마님, 살려주십시오! 우리 철민이가, 철민이 다리가…."

드란댁 마님은 마치 기산네 아주머니가 이렇게 들이닥칠 줄 알고 계셨던 사람 같았다. 아주머니의 모습이 보이자마자 섬돌에서 고무신을 꿰어 신고, 숨도 제대로 못 쉬는 기산네 아주머니 옆을 지나쳐 대문을 나가셨다. 나도 헐레벌떡 마님 뒤를 쫓아갔다. 아무리 마님 댁이라지만 사람 하나 없는 집에 혼자 남아 있는 것은 무서웠다. 나도 모르게 꿈을 꿀까 봐 무서웠다. 번개도 무섭고 백구 울음소리도 무서웠다.

기산네 아주머니의 길 안내는 필요 없었다. 우모리에서 마님이 모르는 곳은 없었다. 기산네 아주머니가 간신히 마님을 따라 자기 집에 돌아갔을 때 마님은 이미 철민이 오빠의 바지를 걷어 올리고 다리 상태를 보고 계셨다. 철민이 오빠는 마님이 오신 줄도 모르고 끙끙거리며 신음하고 있었다. 정신이 들지 않는 것 같았다.

철민이 오빠의 다리 상태는 참혹했다. 발이나 다리에 상처 하나 보이지 않는데도 떡갈나무 몽둥이처럼 퉁퉁 부은 채 피돌기가 제대로 안 되는 것이 한눈에 보였다. 제정신이 없는 듯, 마님이 오셨는데 시체처럼 누워만 있을 뿐이었다. 철민이 오빠는 집에서 제일 어두운, 광 옆방에 누워 있었다. 오빠가 눈부신 것을 못 견디겠다고 해서 그 방으로 옮겼다고 했다. 그런데 작은 창호지 창까지 닫아 빛이 들 리가 없는 방에서 고름같이 역하고 누런빛이 났다. 그 빛은 통나무처럼 부은 철민이 오빠 다리에서 은은히 비쳐 나오고 있었다. 마님은 그걸 보시는 순간 망설이지 않고 몸을 숙여 오빠의 무릎을 콱 깨무셨다. 순간 나는 뭔가 잘못 본 것 같았다. 늘 희고 고운 마님의 이가 한 치는 늘어나는 것처럼 보였기 때문이다.

"마님!"

기산네 아주머니도 나도 깜짝 놀라 소리쳤다.

마님이 입을 떼자 상처에서 피와 고름이 한 길은 솟아 나오는 것 같았다. 천장까지 고름이 솟아오르더니 좁은 방의 벽지와 장판, 창호지 문까지 사방에 피가 튀고 방 안에 역겨운 피와 고름 냄새가 가득 찼다. 마님은 고개를 외로 꼬고 침을 퉤 뱉으며 중얼거리셨다.

"더럽군…."

나는 내가 잘못 들었나 생각했다. 마님은 피가 더럽다고 하신 적이 한 번도 없었다. 오히려 우리 어린아이들에게 피는 소중한 것이니까 몸 밖으로 흘려서는 안 된다고, 조금이라도 상처를 입으면 끓인 물로 얼른 씻고 약을 바르라고 늘 이르셨다. 어른들에게도 틈만

나면 농기구에 베이는 것을 우습게 여기지 말라고, 피를 생명처럼 여기라고 말씀하셨다. 그러면 고름 때문일까? 나는 철민이 오빠의 다리를 살짝 훔쳐보았다. 피와 고름이 콸콸 나온 후라 그런지 오빠의 다리가 조금 덜 부어 보이기는 했다. 신음하듯 가쁘기만 하던 오빠의 숨도 약간 가라앉았다. 그러나 마님은 기산네 아주머니를 내려다보며 고개를 저으셨다.

"내가 할 수 있는 일은 했네. 아프기는 좀 덜할 거야. 하지만 독기가 이미 심장까지 올라와서 쉽지 않을 거야."

"마님⋯."

기산네 아주머니는 울음을 터뜨렸다. 드란댁 마님이 할 수 없다면 그 일을 할 수 있는 사람은 세상천지에 없을 것이다. 우모리 사람들은 모두 다 그렇게 믿고 있었다. 기산네 아주머니는 마지막 희망을 담아 물었다.

"바깥 의사 선생님을 모시든지 저희가 애를 밖으로 데려가든지 하면 안 될까요? 어떻게 방법이 없겠습니까⋯."

기산네 아주머니는 그렇게 묻다가 마님의 눈길을 보고 입을 다물었다. 마님의 눈은 이미 정해진 사실을 말하고 있었다. 철민이 오빠는 죽을 것이다.

"으아아아⋯으허허⋯."

기산네 아주머니는 아들 셋에 딸 둘을 두었지만 제일 아끼는 아들은 막둥이인 철민이 오빠였다. 우리 마을 사람들 모두가 그것을 다 알았다. 기산네 아주머니는 철민이 오빠의 다리를 움켜쥐며 짐승같이 울부짖었다. 마님은 그 작은 방의 문을 닫고 나오며 내 손을 잡으셨다. 마님의 손은 평소보다도 유난히 차가웠다.

"마리야, 우리 집에 왔다 가련?"

"그래도 돼요?"

비가 그친 다음부터 마을이 뒤숭숭해서 모두 신경 쓰지 않는 것 같았지만 사월이 넘어 단오가 가까워 오고 있었다. 긴 비 다음으로 한참 동안 구름 하나 없이 햇볕이 쨍쨍해서 삼복 무더위만은 못 해도 제법 더웠다. 그런데 희한하게도 마님의 집은 한여름에도 서늘했다. 유달리 더운 해에는 마을 사람들이 모두

돗자리 하나씩을 들고 마님네 마당에 기웃거릴 정도
였다. 모기향이나 쑥불을 따로 피우지 않아도 모기도
별로 없었다.

"너도 흉한 꼴 봐서 뒤숭숭할 텐데 왔다 가렴. 늦으
면 내가 데려다주마."

"고맙습니다."

"고맙기는. 대신 내 머리나 빗겨다오."

"네, 마님!"

안 그래도 나는 마님 머리 빗어드리는 일을 좋아했
다. 조금씩 흰머리가 섞이고 푸석푸석해서 엉켜 있는
엄마 머리와는 달리, 마님의 머릿결은 늘 윤이 흐르
고 탄력이 있어서 머리 뿌리부터 끝까지 쭉 빗는 맛
이 있었다. 마님이 대청마루에 앉자 나는 참빗을 꺼
내와 얌전히 마님 뒤쪽에 앉았다. 내가 머리를 몇 번
빗어드리자 마님은 나른하게 눈을 감으셨다.

오후 3시쯤 되었을까. 기묘한 시간이었다. 방금 피
와 고름으로 가득 찬 병자의 방에서 나왔다고는 믿기
힘들 정도로 사방이 고즈넉했다. 바깥보다 확실히 서
늘한 마루 위에서 나는 조금씩 정성스레 마님의 머리

를 빗었다. 마님이 눈을 감은 채 말하셨다.

"아직 오백 년은 안 되었어…."

"네?"

"내가 태어난 지 아직 오백 년은 안 되었단 말이
다."

"…."

나는 무어라 말해야 할지 몰랐다. 그 께느른한 시간
은 마치 요술에 걸린 것 같았다. 마님이 무슨 말씀을
하시든 진짜 같았고, 또 무슨 말씀을 하시든 꿈속에서
듣는 것 같은 기분이었다. 마님은 딱히 나를 향해서
말하는 것 같지 않은 말투로 중얼중얼 말씀하셨다.

"처음 태어났을 때가 언제인지는 나도 잘 몰라. 기
억이 생겨났을 때는 이미 일고여덟 살쯤, 그러니까
너 정도 나이의 모습을 하고 있었지. 나는 산속을 누
비며 자랐고 숲의 엄마들, 무마-퍼두리들이 나를 키
웠어. 너희 식으로라면 숲 귀신이라고 말해야겠지만
무마-퍼두리는 귀신과는 다르단다. 숲을 지키고 숲의
질서를 바로잡는… 여자 신령들이라고 하면 될 거다.

원래대로라면 나는 무마-퍼두리가 키울 만한 아이

가 아니었단다. 나는 악령인 스트리고이의 아이였으니까. 어쩌다가 내가 무마-퍼두리의 영역에 들어갔는지는 나도 모르고 그들도 몰랐어. 하지만 어린 내가 나무둥치에 기대 잠들어 있는 것을 보고 무마-퍼두리는 차마 나를 내치지 못했어. 대신 나를 키우면서 내가 생명을 앗아갈 만큼 피를 먹지 못하게 가르쳤단다.

처음으로 토끼 피를 빨았던 때가 기억나. 생전 처음 느껴보는 맛에 회색 털 뭉치 속에 정신없이 이를 박았는데, 어느 순간 나를 지켜보던 무마-퍼두리가 토끼를 빼앗아갔어. 나는 배가 아직 안 불러서 큰 소리로 울었지만 무마-퍼두리가 나뭇가지를 휘둘러 내 엉덩이를 때렸지.

'그만해! 네가 더 먹으면 이 아이는 죽는단다. 이 귀여운 토끼가 죽는 걸 보고 싶으냐?'

나는 훌쩍거리며 울음을 그쳤어. 내가 다 클 때까지 줄곧 그랬지. 무마-퍼두리들은 생명이 죽지 않고 회복할 수 있을 정도만큼만 피를 먹는 방법을 내게 가르쳤어. 한 십 년쯤 지나 내가 모습을 바꿀 수 있게 되고, 특히 다 큰 처녀 모습을 할 수 있게 되자 일은 더 쉬워졌어.

　내 고향이 트란실바니아라는 건 알고 있니? 여기서 이만 리쯤 떨어진 곳이야."

　"이만 리…."

　나는 깜짝 놀라 잠시 손을 멈추었다. 이십 리만 걸어가도 다리가 퉁퉁 부을 것 같은데 이만 리면 대체 얼마나 되는 거리일까. 내 손이 멈춘 것을 눈치채지 못한 듯이 마님은 말을 계속했다.

　"그래, 그 정도 떨어져 있지. 거기에는 너희가 아는 북악산이나 소요산, 아니 설악산보다 훨씬 큰 카르파티아 산맥이라는 곳이 있단다. 내가 살던 곳이 바로 그 카르파티아 산맥이야. 산맥 아래쪽에는 마을들이 있었고 나는 가끔 마을 근처 숲이나 호수에 가서 기다리기만 하면 되었어. 달이 밝을 때 밤 산책을 나오는 젊은이들이나 호숫가에 가서 앞으로 생길 연인의 모습이 어떨지 보고 싶어 하는 아가씨들이 심심찮게 있거든. 나는 그런 젊은이들을 기다렸다가 모습을 바꾸고 살짝 피를 빨았어. 남자에게는 아리따운 처녀의 모습으로, 여자에게는 잘생긴 젊은 남자의 모습으로 다가갔지. 피를 몇 모금 빨면 남자는 낯모르는 처녀와, 여자는 멋진 젊은이와 달콤한 하룻밤을 보낸 꿈을 꾸고 집으로 돌아갔단다. 무마-퍼두리들이 가르친 대로 나는 아무도 해치지 않았어.

하지만 좋은 시절은 오래가지 않았어. 인간들이 싸웠고 숲이 불탔어. 무마-퍼두리들은 분노했단다. 튀어나온 나무뿌리가 병사들의 발에 걸렸고 무성한 숲이 진군을 방해했지. 나무 넝쿨이 병사들의 팔과 목을 휘감고 숲길은 툭하면 낭떠러지로 통했어. 그렇지만 쇠로 된 검을 휘두르며 오는 병사들을 오래 막을 수는 없었어. 결국 무마-퍼두리들은 나를 산맥 너머로 보냈단다. 나는 어머니와 같은 무마-퍼두리들에게 같이 가자고 울며 간청했지만 그들은 숲을 떠날 수가 없었어. 어쨌든 무마-퍼두리들은 숲의 정령들이었으니까 숲을 떠나면 살아갈 수 없었거든.

'잘 가렴, 우리 딸아. 그리고 잊지 말아라. 생명을 완전히 빼앗으면 안 된다. 인간들은 독이 든 음식이나 매한가지야. 많이 먹으면 그들이 널 죽일 게다. 약속하렴. 오래오래 살아남아라. 인간보다 오래, 숲보

다도 오래.'

나는 울면서 길을 떠났어. 어디로 가는지도 제대로
몰랐지. 카르파티아 산맥을 넘어 동쪽으로 또 동쪽으
로 향했어. 그때는 그쪽이 병사가 적어 보였거든. 낮
에는 사람 눈에 띄지 않는 곳에 숨어 잠을 청했고 주
로 밤에 움직였지. 한 달? 두 달? 어느 정도 가자 병
사들과 사람이 사는 마을이 적어졌고, 대신 끝없는
초원이 나왔어.

사람… 사람이라는 게 그 당시 내게 무엇이었을까?
단순히 식량만은 아니었어. 무마-퍼두리들은 내게 세
상 만물과 맺는 관계라는 것을 가르쳤고, 나는 커가
면서 동물이나 사람을 막론하고 예쁘고 귀여운 것이
나 잘생긴 젊은이들에게 호감을 느끼곤 했어. 호숫가
에서 나와 만난 젊은이 중에서는 몇 번 더 만나고 싶
은 처녀나 청년들이 있었단다. 젊고 늠름한 수사슴을
보면 한 번만 입 맞추고 보내기에는 너무 아까울 때
도 있었고. 하지만 무마-퍼두리들은 너무 위험하다고
한 사람을 여러 번 꼬여내지 못하게 했지. 인간들에
게 쫓겨 산맥을 넘으면서 다른 스트리고이들을 만난

적도 있었지만 그들은 무조건 인간들을 해치고 싶은 원한에만 차 있어서 나와 이야기를 나누거나 의미 있는 관계를 맺을 수가 없었어. 먼저 나를 공격하지나 않으면 다행이었어. 몇 번 노력해보다가 결국 그들을 포기하고 전란을 피해 달아나는 사람들을 따라갈 수밖에 없었단다.

초원 쪽으로 갈수록 마을에 정착해 사는 사람들의 숫자는 적어졌고, 계속 말을 타고 움직이는 사람들이 많아졌지. 나는 그들에게 너무 가까이 갈 수도 없고, 그들에게서 너무 멀리 떨어질 수도 없었어. 지금이야 몇십 년 만에 한 번씩 먹어도 상관없지만 그때 나는 성장기였어. 적어도 일 년에 한두 번은 먹어야 했어. 사람이 아니라 가축의 피를 먹으면 더 자주 먹어야 했고. 하지만 사람의 피는 섣불리 먹을 수가 없었어.

초원 사람들은 너희와 다르단다. 너희는 한자리에서 농사를 지어 먹고 살지만 그 사람들은 말을 타고서 양과 염소를 데리고 다니며 끊임없이 움직여. 그러다가 넓은 풀밭이 나타나면 유르트라는 천막을 세우고 거기서 며칠이나 길면 몇 달 동안 머물며 풀의

씨가 마르지 않을 정도로 짐승을 놓아먹이지. 밤이 되면 다들 짐승을 거두고 유르트 밖으로 잘 나오지 않기 때문에 나는 양과 염소 피를 먹으며 그들을 따라갔어. 말은 위험했지. 말은 양이나 염소보다 수도 적을뿐더러 그들은 말을 자기 몸처럼 아끼기 때문에 말이 평소보다 힘이 없거나 몸이 안 좋으면 금방 알아채거든. 젊은 남자로 변장하고 그들과 우연히 만난 척하면 유르트에 초대받고 환대를 받을 수도 있었겠지만 그때만 해도 나는 인간의 풍습을 거의 몰랐지. 게다가 나는 인간의 음식을 먹지 않기 때문에 초대를 받았다고 해도 이상하게 보이기만 했을 거야. 주인이 내놓는 음식을 손님이 먹지 않는 건 큰 결례니까.

그렇게 두어 달 정도 유목민을 따라가는 동안 나는 유난히 작은 유르트 하나가 있는 것을 보았어. 보통 유르트는 열 사람이 넘게 둘러앉을 수 있는 크기인데 그건 기껏해야 서너 명 들어가면 다 찰 정도였어. 그렇지만 그 유르트의 주인은 유목민들에게 큰 존경을 받고 있는 것 같았어. 그 유르트에는 여러 사람이 드나들었을 뿐 아니라 우두머리 같은 사람도 가끔 들어

가 몇 시간씩 이야기를 하고 나오곤 했어. 나는 호기
심이 생겼지.

아니, 사실은 외로웠어. 말이 통하지 않아도 누군
가와 이야기를 나누고 싶었어. 혼자 사는 사람이라면
밤에 몰래 들어가 달콤한 꿈을 선사하고 혼잣말이라
도 내 이야기를 중얼거리고 나올 수 있을 것 같았어.
산맥을 넘은 다음에는 지긋지긋한 스트리고이나 못
생긴 모로이조차 그리울 지경이었으니까.

유난히 하늘에 별이 총총하던 어느 이른 봄밤이었
어. 밖에 나와 다니는 사람이 아무도 보이지 않을 정
도로 밤이 깊어지자 나는 드디어 용기를 내어 그 유
르트로 살금살금 다가갔어. 막 문지방을 밟고 들어가
려던 순간이었어.

'저런, 저런. 문지방은 밟으면 안 된다오. 바깥과
안, 저 세상과 이 세상을 가르는 경계거든. 그냥 넘어
들어오시오, 밤의 딸이여.'

웃음기를 띤 노인의 목소리가 나를 깜짝 놀라게 했
어. 분명히 나는 아무 소리 없이 들어가려고 했는데
어떻게 알았을까. 더 놀라운 것은 그 말을 알아들을

수 있다는 거였어. 그래, 그때까지만 해도 내가 알고 있었던 유일한 인간의 말, 고향의 말이었어! 나는 순간 경계심이고 뭐고 다 잊어버리고 유르트의 문지방을 넘어 들어갔어.

인간의 거주지를 본 것은 그때가 처음이었어. 유르트 한가운데는 돌 위에 화로가 놓여 있었고 그 너머에 한 남자 노인이 앉아 있었어. 유르트 여기저기에는 파란색과 흰색 장식품들이 주렁주렁 달려 있었어. 그것이 튀르크족이 액을 쫓는 장식인 나자르 본주우라는 건 나중에야 알았지. 노인은 머리에 털모자를 썼고 검은 두루마기 옷단에는 금빛 수가 놓여 있었어. 나무를 닮은 갈색 얼굴에 주름이 자글자글했지만 눈은 빛나고 있었어. 노인은 앉으라며 자기 왼편 자리를 가리켰어. 나는 무엇에 홀린 듯이 노인이 권한 자리에 앉았고, 노인이 웃으며 말했어.

'그런데 어쩐 일로 여기에 오셨소? 이 늙은이만 먹어서는 허기가 가시지 않을 것인데.'

'저는 사람을 먹지 않아요. 저는 스트리고이가 아니에요.'

'스트리고이가 아니라고? 하지만 나한테는 그렇게 느껴지는데 어떻게 된 걸까?'

'무마-퍼두리들이 저를 키웠어요. 저는 무마-퍼두리들의 딸이에요.'

그 말부터 시작해서 나는 두서없이 이야기를 털어 놓았지. 어렸을 때부터 생명을 빼앗지 않도록 교육받은 것, 사람에게 해를 끼치지 않을 정도로만 피를 먹는다는 것, 전란 때문에 숲에서 나와 사람이 적은 곳으로 오다 보니 유목민들을 따라다니게 되었다는 것 등을 정신없이 말했어. 노인은 내 이야기를 들으면서 탄성을 지르기도 하고 '흠, 흠' 하고 고개를 끄덕이기도 했어. 내가 이야기를 끝내자 노인이 박수를 세 번 치며 말했어.

'참으로 기이하도다. 알라와 무함마드의 인도를 받으셨구려. 밤의 딸로 태어나 무마-퍼두리들에게 자비를 배우다니. 그런데 이 밤에 어쩌다가 여기로 오셨소?'

'…사람이 보고 싶었는데, 여기가 제일 덜 위험해 보였어요. 노인이 계신 줄은 몰랐어요. 그냥 잠깐 잠

들게 해놓고 혼잣말로 이야기라도 하고 싶었을 뿐이에요. 그런데 노인께서는 어떻게 우리말을 아시는 거죠?'

'우리 집안 사람들은 대대로 흑해를 오가면서 무역을 했고 나는 어려서부터 말 배우는 재주가 조금 있었지. 그래서 튀르크 말과 루마니아 말, 여기저기 말을 조금씩은 할 줄 안다오. 내 이름은 아슈타드, 내가 태어났을 때 기쁨이라는 의미로 아버지가 지어주신 이름이오. 그대의 이름은?'

'저는 이름이 없어요. 아무도 제게 이름을 지어주지 않았어요.'

그때까지만 해도 나는 이름이 필요하다는 생각을 하지 않았어. 무마-퍼두리들은 늘 나를 '우리의 딸'이라고 불렀고, 산 중턱 마을 사람들의 말은 배웠지만 그 사람들과 하룻밤 이상 만나는 일은 없었으니 그때 그때 이름을 둘러대면 그만이었어. 노인은 나를 지그시 바라보더니 웃으며 말했어.

'그대들은 어떤지 모르지만 사람들은 이름이 없으면 불편해한다오. 다행히도 당신은 사람을 죽여본 적이 없으니 카탈리나라고 부릅시다. 아직 죄를 짓지 않은 순수함을 가리키는 말이지. 그래, 카탈리나, 앞으로는 어쩔 작정이오?'

'모르겠어요. 어떻게 해야 할지.'

그게 내 솔직한 심정이었어. 유목민들을 따라가고 있었지만 그들과 영원히 같이 다닐 수 없다는 생각은 하고 있었어. 그러나 사람들 사이에 뛰어들기에는 내가 아는 것이 너무 적었어. 그 생각을 하고 나는 구명줄을 붙잡듯이 간절히 노인을 쳐다보았어.

'아슈타드 어르신, 저를 좀 도와주세요. 저는 사람들에게 해를 끼치고 싶지 않아요. 하지만 사람을 떠나 살아갈 수도 없어요. 제가 어떻게 하면 사람들과 섞일 수 있을까요? 어떻게 하면 눈에 띄지 않고 살 수 있을까요?'

그때부터 나는 아슈타드와 함께 살기 시작했어. 알고 보니 아슈타드는 부족에서 지혜로운 연장자이면서 예배를 주도하는 이맘 역할을 동시에 맡고 있는 사람이었어. 아슈타드는 부족 사람들에게 나를 멀리서 찾아온 친척이라고 소개했지. 전란을 피해 도망치다가 부모를 다 잃고 혈족이라고는 자기밖에 남지 않았다고. 내 처지에서는 그렇게 틀린 말도 아니었어. 의심을 품은 사람이 있었을지도 모르지만 아슈타드는 부족에서 존경받는 노인이었기 때문에 아무도 따져 묻지 않았어. 나는 아슈타드에게 여러 가지 언어를 배웠고 꾸란 몇 구절과 이슬람교의 생활 양식도 배웠어. 하루에 다섯 번 메카를 향해 절하고 기도하는 법, 할랄 음식을 만드는 법 같은 거. 하지만 가장 중요한 건 인간들 사이에서 내 밥벌이를 할 수 있는 방법을 배운 거야. 양털을 염색해서 융단을 짜는 법이었어.

'원래 이건 남자들이 배우는 게 아니야. 하지만 나는 어렸을 때 말에서 떨어져 한쪽 다리를 절게 되었어. 그래서 어머니가 이걸 가르쳐주셨지. 다리를 저는 큰아들이 어디에 가도 굶어 죽는 일은 없어야 한다고 생각하신 거야. 다행히 나는 손재주가 좀 있었어. 나이 들고 눈이 침침해지면서 이 재주를 쓸 일은 더 이상 없을 거라고 생각했는데 또 이렇게 쓰일 줄이야.'

어머니가 물려주셨다는 카펫 직조기를 가지고 처음 융단 짜는 법을 가르치면서 아슈타드는 감회 어린 목소리로 말했어. 그는 좋은 스승이었고 나는 열심히 배우는 제자였어. 다행히 봄 양털을 깎은 지 얼마 되지 않았기 때문에 재료도 많았어. 덕분에 그와 헤어지기 전까지 양털실을 염색하는 법과 여러 가지 융단을 짜는 법의 기초를 다 배울 수 있었지. 융단에도 종류가 참 많단다. 보풀이 있어서 발에 보들보들하게 느껴지는 할르, 씨실과 날실을 교차시켜 천처럼 짜는 킬림, 거기에 손으로 수를 놓는 제짐, 킬림처럼 짜지만 처음부터 머릿속에 무늬를 넣고 색실을 교차시켜 짜야 하는 수막…. 무늬가 많고 크고 잘 짜인 수막은 숙련된 여인들 몇 사람이 달려들어 몇 달 동안 짜야 하지만, 대신 커다란 금덩이만 한 가치가 있어. 서툰 솜씨로나마 처음 조그만 수막을 짜서 가져갔을 때 아슈타드는 '이걸 제대로 배우려면 몇 년이 걸리는데!' 하면서 진심으로 기뻐해주었어. 하지만 그걸 배울 때는 내가 삼백 년 넘게 그 재주로 돈을 모을 수 있을 거라는 생각은 하지 않았단다. 초원과 사막으로 계속이어지는 길이 심심했고 내게 남는 건 시간뿐이었으니까 틈틈이 배운 거지.

언제까지나 아슈타드와 함께 있고 싶었지만 우리는 곧 헤어져야 했어. 여러 가지 사정이 있었지. 부족 안에서 나를 탐내는 젊은이들이 생겨난 것도 문제였고, 얼마 후 우리가 고원 근처의 여름 유목지에 다다르게 된다는 것도 이별해야 할 이유가 되었어. 여름 유목지에 몇 달 동안 함께 있으면서 부족 젊은이들의 구애를 전부 거절한다면 아슈타드의 처지가 곤란해질 테니까. 아슈타드는 내게 명나라라는 곳으로 가라고 권했어.

'카탈리나, 너는 사람과 떨어져 살 수 없어. 그럴 바에는 아예 여러 사람 속에 섞이는 게 나을 거다. 너의⋯ 음식 문제도 있으니까. 계속 동쪽으로 가거라. 그러면 산맥을 넘고 고원을 지나게 될 거야. 그다음에 남쪽으로 내려가면 거기에 명나라라는 커다란 나라가 있다고 들었다. 우리는 거기까지 가지 않지만⋯. 언제까지나 네가 음식을 먹지 않고 밤에 잠도 자지 않는 것을 숨길 수는 없어. 알겠지, 아가?'

'…네, 알아요.'

무마-퍼두리들과 헤어질 때는 경황이 없었지만, 이번에는 계획된 이별이었기 때문에 더 슬펐던 것 같아. 그동안 내가 사람을 더 닮게 되었는지도 모르지. 이별의 밤, 나는 아슈타드를 붙들고 펑펑 울었어. 아슈타드의 눈에도 언뜻 눈물이 비치는 것 같았어. 아슈타드는 나를 꼭 안아주었어.

'밤의 딸이 이렇게 마음이 여려서 어쩐담…. 애야, 인간에게 너무 정을 주지는 마라. 인간은 혼자서는 연약하지만 여럿이 덤벼들면 너를 해칠 수 있단다. 늘 조심하고, 될 수 있으면 평화롭게 살아가고, 가끔 시간이 나면 아슈타드라는 늙은이가 있었다는 걸 기억해다오.'

나는 훌쩍거리며 대답했어.

'절대로 잊지 않아요, 아슈타드. 나는 어둠의 딸이지만 아슈타드의 딸이기도 해요. 나를 잊지 말아주세요. 날 축복해주세요.'

'알라와 모든 예언자들이 너를 지켜주시기를. 메카를 향해 기도할 때마다 너를 생각하마.'

아슈타드와 헤어진 후 나는 여기저기 정처 없이 떠돌면서 카펫 짜는 기술을 더 배웠어. 사람들 사이에서 티를 내지 않고 살려면 돈이 있어야 한다는 것을 상인 집안에서 태어난 아슈타드에게 배웠거든. 오가는 상인들에게서 정보를 얻어 카펫 잘 짜는 여자들이 있다는 마을이나 부족마다 들렀어. 덕분에 양털뿐 아니라 비단에 무늬를 넣어 짜는 법도 익히게 되었지. 그런 마을에 가게 되면 그곳 무당들에게 먼저 인사를 하고 몇 달 동안 머물러도 되느냐고 허락을 구했어. 어떤 무당은 나를 알아보았고 어떤 무당은 그냥 지나가는 여자 나그네로 보았어. 나를 알아보는 무당들은 대부분 그 부족에서 섬기는 신령의 핏줄이 섞여 있는 사람들이었지. 지금 생각해보면 아슈타드에게도 무마-퍼두리나 다른 정령의 피가 어느 정도 섞여 있지 않았을까 싶어.

그렇게 몇 년, 몇십 년을 보냈는지 몰라. 아슈타드의 말대로 명나라로 갈 생각은 있었지만 서두를 마음은 없었거든. 그동안 틈틈이 카펫을 짜서 상인들에게 팔면서 대충 시세도 익히고 서투르게나마 명나라 말도 익혔어. 적어도 어리바리한 회족 처녀로 통할 수 있을 정도로 인간 생활에 익숙해졌을 때 도시로 내려 갈 생각이었으니까.

그런데 인간 세상은 참 빨리 바뀌더구나. 내가 도 시로 갈 마음을 먹었을 때 이미 명은 망하고 청이라 는 나라가 들어서 있었어. 나와는 별로 상관없는 일 이라고 생각했지만 청나라는 회족을 탐탁지 않게 여 겼어. 그래서 한족의 생활 양식을 익히느라 또 몇 년 걸렸지. 기억해두렴. 인간들이 어느 한 집단을 업신 여기기 시작하면 그 집단의 여자들은 두 배로 업신 여긴단다. 그때는 성장기도 다 끝나가서 피를 탐하 는 마음도 줄어들었고 카펫을 짜면서 무던한 인내심 도 배웠지만 사람들이 나를 자극하면 어떻게 될지 몰 랐으니까. 나는 무마-퍼두리들의 경고도, 아슈타드 가 내 이름을 카탈리나라고 지어주었던 것도 잊지 않 고 있었어. 될 수 있으면 사람을 해치고 싶지 않았지. 사람들 사이에 마음 놓고 숨을 곳도 필요했어. 나는 청나라 안을 여기저기 돌아다니다가 결국 비단이 많 이 나는 장쑤성에 가서 타지에서 온 억척스러운 중년 여자 행세를 하면서 열심히 카펫과 비단을 짜서 돈을 모았어. 보통 사람보다 눈이 좋고 손이 빠른 내가 짠 물건들은 품질이 좋아서 좋은 값을 받고 팔았지. 먹고 싶은 것도, 갖고 싶은 것도 없었던 내게 돈을 모으는 건 그리 어렵지 않은 일이었단다. 사람의 피를 먹고 싶을 때면 내가 사는 곳에서 적어도 사오일 걸리는 곳에 가서 밤에 돌아다니는 행인들의 피를 적당히 빨아 배를 채우고 돌아왔어. 여우는 자기 굴 앞에서 사냥을 하지 않는 법이라고들 하니까.

나는 그렇게 평범하게 인간처럼 살았어. 한자리에 너무 오래 살아 사람들이 의심할 때쯤 되면 죽은 척하고 멀리 떨어진 다른 곳으로 이사해버렸어. 내 옆에 점포를 낸 시장 사람들이 결혼하고, 아이를 키우고, 늙고, 죽어가는 걸 보면서 나도 그렇게 살아볼까 하는 생각도 들었지만 자신이 없었어. 무엇보다 누구와 함께 산다면 내가 자지도 먹지도 않는 걸 어떻게 숨기겠니. 또 내가 인간과 아이를 낳을 수 있을까? 아이를 낳는다면 그 아이는 무엇이 될까. 그런 생각을 하면 누구와 함께 산다는 모험을 할 수가 없었어.

그렇게 삼백 년쯤 흘렀을까. 나는 장쑤성에서도 점점 멀어져 랴오닝으로 갔다가 백두산 근처에 자리를 잡고 살기 시작했어. 어렸을 때 산에 살다가 유목민을 따라나서서일까. 나는 산도 평원도 좋아했어. 백두산 근처에는 개마고원도 있고 만주 평원도 있었으니 답답할 때는 며칠 거리로 말을 타고 평원을 달리다 오기도 했지. 그러면서 국경 사람들과 사냥꾼들에게 조선말도 배웠고. 호랑이, 늑대나 곰 같은 백두산 산짐승들과 친해지기도 했어. 그때 동물들과 간단한 의사소통을 하는 법도 익히고. 인간들에게는 어땠는지 모르지만 나한테는 길고도 짧은, 평화로운 삼백 년이었어.

하지만 인간들은 가만히 있질 않더구나. 여기저기서 전쟁 소식이 들리더니 백두산에도 총을 든 포수들과 군인들이 올라와 서로 총을 쏴 갈기기 시작했어. 예전에도 포수들이 짐승을 잡으러 종종 산에 올라오곤 했지만 이번에는 인간들끼리 총싸움을 벌이더구나. 잊을 만하면 군인들이 줄지어 갔고, 잊을 만하면 산을 넘고 강을 건너 새로운 땅으로 가려는 난민들과 마주쳤어. 그 뒤숭숭한 공기에 질려 어디론가 떠나고 싶었지만 사방에 전운이 감돌지 않는 곳이 없었어.

그때 처음으로 무마-퍼두리들과 아슈타드의 가르침에 회의가 들었어. 나는 이렇게 인간을 죽이지 않기 위해 적당히 먹으며 조심조심 살아가고 있는데, 저들은 같은 사람끼리 서로 수백 수천 명씩 죽여댄다면 내가 인간을 죽이지 않는다는 것이 무슨 의미가 있을까. 나를 숨기고 지키는 것 외에는 별 의미가 없는 게 아닐까. 물론 인간은 사랑스럽지. 적어도 몇백 년 동안 곁에서 지켜본 내게는 그랬어. 직물 짜는 법을 배우러 다닌 마을들에서 본 처녀와 청년들은 얼마나 싱그러웠는지. 또 시장 살이를 할 때 내게 득남을 했다며, 자식이 결혼했다며 음식을 돌리던 동료 상인들은 얼마나 다정하고 생명력이 넘쳤는지. 하지만 순박한 처녀와 청년들만큼이나 들판의 풀꽃들도 싱그럽고, 떼로 다니는 늑대들도 인간 못지않게 다정하고 생명력이 넘친단다. 결국 인간이 인간을 제대로 대접하지 않는데 인간의 포식자인 내가 인간을 소중하게 여길 이유는 없는 거였어.

✸

그렇게 생각하니까 역설적으로 내 인간들이 갖고 싶었어. 그때까지는 인간은 호랑이나 곰과 마찬가지로 나와 다른 종, 너무 멀리도 가까이도 아닌 곳에서 서로 영역을 존중하며 지내야 하는 생물이었어. 적어도 내게는 그렇게 느껴졌단다. 하지만 인간을 존중할 필요가 없다는 생각을 하니 내가 키우고 내 말을 듣는 인간들이 갖고 싶어졌어. 인간이 늑대를 길들여 개로 만들었듯이 나도 인간들을 길들여 내 텃밭을 가꾸고 싶었어. 그러다가 가끔 배고프면 너희들이 사루비아 꽃꿀을 따 먹듯이 한입 먹기도 하고…. 어쩌면 떠돌이 생활에 지친 건지도 모르겠다. 하지만 내가 하고 싶은데 나를 막을 것이 무에 있겠니? 무마-퍼두리들도 아슈타드도 이제 죽음 저편으로 가버린 지 오래일 텐데.

우모리는 그렇게 만들어진 마을이란다. 장씨 할멈이 나더러 이웃될 사람을 내놓으라고 큰소리를 칠 때 처음에는 웃었지만 나중에는 정말로 마을을 하나 만들어보면 어떨까 하는 생각이 들었다. 너희가 광복이라고 부르는 때가 지났지만 산간에는 아직 그 소식도 모르는 사람들이 있었어. 일본군이 결혼하지 않은 여자들을 모두 잡아다가 정신대라는 곳에 보낸다는 말을 듣고 살림을 정리해서 야반도주한 사람들이었지. 마을에 결혼하지 않은 청년은 모두 동이 났고 나이 든 홀아비한테까지도 혼담이 몰려들 지경이었다더구나. 외아들을 군대에 끌고 간다는 말에 도망친 사람들도 있었고. 그런 사람들이 살 수 있는 방법은 별로 없었어. 군인들이 들어오지도 못할 험지에 가서 약초를 캐어 팔거나 화전민이 되는 걸 빼고는. 하지만 평생 논농사를 지어오던 사람들은 늘 자기 땅과 번듯한 자기 집에 대한 그리움을 품고 있었어. 어쩌면 내가 어딘가에 머물러 내 땅과 내 사람들을 갖고 싶었던 것과 비슷한 감정일지도 모르겠다. 그 사람들에게 일본인들이 물러갔다고 알리고 내가 만들 마을로 들어오겠느냐고 물었더니 모두 반신반의하더구나. 고향에 돌아가겠다고 나선 사람들도 있었고, 바깥세상은 못 믿겠으니 그대로 숨어 살겠다는 사람도 있었어. 계집이 무엇을 하겠느냐고 무시한 사람들도 있었고. 나를 따라온 집은 결국 세 집이었어.

살 만한 터를 잡고 집을 하나씩 짓고 나니 또 전쟁이 터지고…. 일단 내 것들, 내 땅, 내 짐승… 내 사람들이 된 자들은 다 보호해야 했어. 나는 사백 년 동안갈고 닦은 힘으로 최선을 다해 인간들의 눈을 가렸다. 그러면서 죽은 것이나 다름없는 자들, 아무도 찾지 않을 사람들을 모아 우모리로 데려왔지. 그 사람들이 농사를 짓게 하고, 서로 해치지 못하게 하고, 건강하게 지내게 하면서 그렇게 우모리를 키워왔다. 전쟁 후에 쓸모없는 야산 하나가 내 것이라는 서류를꾸미는 데는 공무원을 홀릴 필요도 없이 금덩이 하나면 충분했어. 우모리는 내 것이야. 처음부터 내 것이었고 지금도 내 것이다. 내가 아껴가며 키운 것을 어디서 본데없는 것이 와서 손대게 놓아두진 않을 게다."

여름 해는 긴데도 마님의 이야기를 듣는 동안 어느덧 뉘엿뉘엿 땅거미가 내리고 있었다. 마님의 머리를 빗기던 내 손은 완전히 멈춘 채였다. 나도 모르게 불쑥 말이 튀어나왔다.

"그럼 마님은… 저희를 다 잡아먹으실 건가요?"

그렇게 물어보면서 나는 이상하게도 무섭지 않았다. 마님이 사람을 잡아먹는다는 것이 실감도 나지 않았거니와 마님한테 잡아먹힌다고 생각하면 별로 끔찍할 것 같지 않았다. 그 질문은 겁에 질려서 던진 물음이라기보다 단순한 호기심에 가까웠다.

마님은 나를 돌아보셨다. 새하얗고 선이 또렷한 마님의 얼굴이 반쯤 내린 어둠 속에서 문득 낯설어 보였다. 마님의 눈이 이렇게 깊었던가? 입술이 이렇게 붉었던가? 마님은 한참 홀릴 듯이 나를 바라보다가 갑자기 생긋 웃으셨다.

"다 옛날이야기란다. 이만 리 밖에 사람이 어떻게 살겠으며 사백 년이 넘게 사는 사람이 어디 있겠니? 우리 지방에 내려오던 옛날이야기를 내가 조금 고쳐서 말해보았단다. 재미있었니?"

"…네, 마님."

"벌써 저녁때가 다 됐구나. 윤 서방네 집에서 막내딸 안 들어온다고 걱정하겠다. 어서 가보아라."

마님 말이 맞았다. 어느새 도드락거리는 오후의 다듬이질 소리도 그치고 집집마다 밥 짓는 연기가 올라오기 시작했다. 나는 집으로 가면서 마님이 해주신 이야기를 되새겨보았다. 아무리 여덟 살짜리 어린애라고 해도 그 이야기가 옛날이야기라고 곧이곧대로 믿을 수는 없었다. 그렇다고 현실로 생각하기에는 마님 말씀처럼 너무 허황된 이야기였다. 하지만… 마님한테 잡아먹힌다는 상상에는 왠지 짜릿한 데가 있었다. 마님이 나를 먹는다면 한입에 먹어버리실까? 아니면 처음 잡았던 그 토끼처럼 천천히 피를 빨아먹으실까? 집으로 돌아가는 걸음걸음, 그런 상상을 하면서 어쩐지 가슴이 두근거렸다.

남쪽 산은 우리 우모리 사람들이 모두 사랑하던 산이었다. 산세가 험하지 않고 나무가 많아 땔감도 넉넉하게 구할 수 있었고, 봄이 되면 노인과 아이들이 작은 나물 칼과 광주리를 들고 산에 올라 쑥이며 두릅에 곰취와 고사리를 따는 곳이기도 했다. 그러나 그해 여름 폭우가 쏟아지고 우물을 메우고 난 후에는 아무도 산 쪽으로 걸음 하는 사람이 없었다. 예전과는 달리, 산 가까이 가면 늘 안개가 끼어 있는 듯 습

하고 으슬으슬했다. 여름의 더위를 가셔주는 기분 좋은 냉기가 아니라 뼛속까지 스며드는 듯한 한기였다. 풀들은 무릎까지 오도록 웃자랐지만 꺾어보면 속이 텅 비어 있는 데다 끈적끈적한 자줏빛 진액이 흘러내렸다. 밤에는 산의 나무와 풀들이 기분 나쁜 빛을 은은하게 뿌렸고, 동네 개들은 그런 산등성이를 바라보며 슬프게 울었다. 어쩌다 개들을 풀어주어도 산 쪽으로는 절대 가지 않고 주춤대며 물러섰다. 사람들이 밟고 다녀 생겼던 오솔길들도 풀에 묻혀 사라지고 산에 인적이라곤 찾을 수 없게 되었다.

어느 날 산을 넘어 이상한 사람들이 나타났을 때 우리는 그래서 더 놀랐다. 산 쪽으로 사람이 온 적도 없었는 데다 산을 넘어온 사람들의 옷차림은 낯설기 그지없었다. 지금 생각해보면 청바지에 티셔츠 정도를 입은 평범한 차림이었지만 그때까지만 해도 우모리에서는 본 적이 없는 옷이었다. 우리가 주춤대는 사이 코가 크고 창백한 데다 눈과 머리 색이 제각각인 남자 대여섯 명이 마을 근처까지 와서 우리를 멀뚱멀뚱 쳐다보고 있었다.

✳

"마님, 마님 좀 모셔와라."

다급한 어른들의 말에 발이 빠른 아이들이 우르르 뛰어갔다. 어른들은 그 여행자들이 마을에 들어오지 못하도록 벽처럼 그들을 막아섰다. 잠시 후 마님이 오시자 그쪽 사람들도 깜짝 놀란 듯했다. 곧 마님이 그들과 이야기를 하기 시작했는데 아무리 귀를 기울여도 무슨 말인지 도무지 알아들을 수가 없었다. 한참 후 마님이 이야기를 마치고 돌아서자 그 남자들도 천천히 다시 산을 넘어가기 시작했다. 어른들은 한참 모여 서서 마님 눈치를 보았지만 마님은 "이제 집에 가도 되네. 저 사람들은 다시 안 들어올 걸세" 하고 입을 다물어버리셨다.

어른들이 하나둘씩 흩어져 집으로 돌아가자 나는 마님 뒤에 슬쩍 따라붙었다. 마님은 아이 중에서도 내게는 유독 너그럽게 대하시는 편이었다. 나는 궁금증을 참을 수가 없었다.

"마님, 저 사람들은 무슨 사람들이에요? 왜 머리 색깔이며 눈 색깔이 이상해요?"

"먼 나라에서 와서 그렇단다. 커다란 바다를 건너

왔다는구나."

"그 멀리서 여기까지 뭐하러 왔대요? 어떻게 우모리를 찾았대요?"

"대학이라고, 어른들이 공부하는 곳이 있단다. 저 사람들은 미스캐토닉 대학이라는 곳에서 무슨 책을 보고 여기까지 찾아온 선생들이라는구나."

"마님은 그 나라 말도 할 줄 아세요?"

내가 놀라서 묻자 마님이 웃었다.

"아니, 대신 저 사람 중에 내 고향 말을 할 줄 아는 사람이 섞여 있었단다. 민속학인가 뭔가를 하려면 여러 나라 말을 알아야 한다는구나. 제법이야."

"그러면 저 사람들은 아주 간대요?"

"그렇지는 않고, 돌이 떨어진 부근에 자리를 잡고 연구를 더 해야겠다고 하더라. 위험한 일이지만 내가 그들까지 지켜줘야 하는 건 아니니까. 우모리에만 들어오지 말라고 말해뒀다. 어쩌면 나중에 도움이 될지도 모르지."

그런데 마님 댁으로 향하는 줄 알았던 발길이 다른 곳으로 향하고 있었다. 한참 잰걸음으로 마님을 따라

가자 장씨 할머니네 집이 나왔다. 마님이 힘차게 나무 대문을 두드리자 한참 후 장씨 할머니가 주섬주섬 대문을 열었다.

"여긴 웬일로 다 오셨수?"

"알면서 그러네. 할멈 몸주가 얼마나 센가?"

마님이 다짜고짜 묻자 장씨 할머니는 별소리를 다 듣는다는 듯이 허허, 웃었다.

"내가 오방신장님을 모시기는 하지만, 신들끼리는 세고 약하고 그런 걸 따지는 게 아니라오. 천지간에 조화를 지키고 잡귀가 범접하지 못하게 하시는 거지. 다 같이 옥황상제 아래에서 인간 세상을 지키시는 분인데 서로 싸울 일이 뭐가 있겠소?"

"그 잡귀를 몰아내는 힘이 얼마나 센가 말이야."

장씨 할머니가 고개를 갸웃거렸다.

"신장님이야 강하시지만 그릇이 버텨낼지 모르겠소. 내가 낼모레면 여든이라 신장님이 내려와주실지도 모르겠고, 내려오신들 지금 내 그릇으로 온전히 받을 수 있을까."

"그러면 굿으로는 안 된다는 말인가."

"설령 굿을 한다 해도 무슨 굿을 해야 할지 모르겠소. 푸닥거리를 해야 하나, 살풀이를 해야 하나. 그러기엔 저쪽 기운이 너무 크단 말이지. 자칫하면 부정 씻는 부정거리도 파투가 나게 생겼소. 죽은 사람 영이 들러붙은 것이 아니니 지노귀굿을 해봤자 헛수고이고."

담뱃대를 들고나오느라 그렇게 시간이 걸렸는지 장씨 할머니는 긴 담뱃대를 힘껏 빨아 연기를 푸우 불었다. 연기가 장씨 할머니와 마님 사이를 소슬하게 흘러 지나갔다.

"굿을 한다 해도 길일을 택해야 하고, 굿당 음악할 사람도 있어야 하고, 신령님 드릴 음식도 챙겨야 하고…. 드란댁 생각처럼 하루 이틀에 되는 일이 아니라오."

잠시 침묵이 흘렀다. 마님은 속을 읽을 수 없는 얼굴로 장씨 할머니를 바라보셨다.

"그러면 어쩌면 좋겠는가."

이번에는 장씨 할머니가 한참 침묵하더니 담배를 다시 한 모금 빨고 말했다.

"이런 일이 처음이라, 나는 나대로 신당에서 신장님께 치성을 드려 공수를 빌어보겠소. 드란댁은 예전에 했던 대로 해보시구려."

어른들이 횃불을 들고 서 있었지만 그믐밤의 숲속은 사람들 얼굴을 분간하기 어려울 정도로 어두웠다. 스무 명 정도가 서 있을 수 있는 공터인데도 그랬다. 모두 아는 얼굴인데도 코며 얼굴 윤곽이 횃불 그림자에 일그러져 생판 낯선 사람들처럼 보였다. 잔바람이라도 불면 그림자가 펄럭여 사람이 아니라 도깨비처럼 보이기도 했다.

"지금이라도 집에 가려면 가라."

한 손에는 횃불을 들고 남은 한 손으로는 내 손을 잡은 아버지가 속삭였다. 나는 고개를 저었다. 지금쯤 오빠들과 다른 아이들은 잠들어 있을 것이다. 하지만 나는 아버지가 나가려는 순간을 놓치지 않고 따라 나왔다. 엄마는 깜짝 놀라 나를 떼어놓으려 했지만 오빠들이 깰까 봐 큰 동작을 하거나 큰 소리는 내지 못했다. 그리고 한참 전부터 자는 척 눈을 뜨고 있었던 나는 방금 촛불을 끈 엄마보다 어둠 속에서 더 잘 볼 수 있었다. 나는 잽싸게 엄마 손아귀에서 빠져나와 아빠의 옷깃을 잡았다.

"아빠, 가서 조용히 있을게요. 아무것도 안 할게요. 데려가주세요."

나는 속삭이는 목소리로 아버지에게 빌었다. 아버지는 잠시 난감한 듯이 나를 바라보다가 손을 잡았다.

"데리고 다녀올게."

"아이고, 아직 어린애를!"

엄마는 질겁했지만 여전히 고함을 치지는 못했다. 아버지는 재빨리 나를 데리고 문간을 넘은 후 대문을 닫았다.

한참을 걸은 후 아버지가 물었다.

"왜 따라왔니?"

왜 따라왔을까. 나도 뭐라고 말할 수가 없었다. 다만 하늘에서 커다란 돌이 날아와 산에 박힌 후부터 마을을 채우고 있는 분위기, 계속 무슨 일이 일어날 듯한 분위기가 마음에 들지 않았다. 나는 어렸지만 어렸기 때문에 마을의 변화에 가장 영향을 받을 사람이었다. 내가 아는 세상, 내가 아는 우모리가 언제 깨질지 모른다는 불길한 예감, 무슨 일이 생기든 최대한 많이 보고 그것을 마음속에 새겨놓아야 한다는 결심 같은 것이 조금씩 차오르고 있었다. 어른이 아니기 때문에 지금 당장 할 수 있는 일은 없지만 나는 지켜보고 귀담아듣고 기억할 수 있었다. 그리고 그래야만 한다고 느꼈다. 하지만 그것을 다른 사람에게 설명할 수는 없었다. 이 사건이 지나간 후에 우모리가 예전과 같지 않으리라는 어렴풋한 예감을 남에게 조리 있게 이야기할 수도 없었다. 그 모든 느낌이 언어로 변하지 않은 채 마음을 짓누르고 있었다. 한참 기다려도 내가 대답을 하지 않자 아버지는 그냥 계속 손을 잡고 걸었다. 우리는 곧 마을 남쪽 끝 숲속 공터에 다다랐다.

낮에 수없이 많이 놀러 왔던 공터인데도 밤에 보니 완전히 다른 곳 같았다. 공터 가장자리에 있는 나무에는 여섯 사람이 허리 굵기만 한 나무를 안은 채 묶여 있었다. 모두 결혼하지 않은 동네 오빠들이었다.

마르고 왜소한 사람은 하나도 없고, 다들 팔과 등 근육이 울룩불룩한 것이 몸이 실하고 힘 좋은 동네 일꾼들만 고른 것 같았다. 우리가 다가가자 미리 와 있던 아저씨들이 아버지에게 횃불을 건네주었다. 아버지는 말없이 그 횃불을 치켜들었다. 아버지 이후에도 몇 명이 더 횃불을 받아가서 곧 횃불을 든 남자 어른들이 둥근 원을 그리며 서 있게 되었다.

지잉. 그늘 속에 선 어른이 크고 길게 징을 두드렸다. 그러자 유난히 키가 큰 사람이 원 가운데로 성큼성큼 걸어 나왔다. 드란댁 마님이었다. 보통 때 입는 옷이 아닌, 노란 원삼과 자주색 스란치마를 입고 있는 마님은 횃불 그림자 속에서 여느 때보다 키가 더욱 커 보였다. 마님의 모습이 어쩐지 아지랑이처럼 어른거리는 것 같아 나는 눈을 두어 번 깜박였다. 마님은 위엄 어린 얼굴로 우리를 하나하나 둘러보셨다. 그다음 나무에 묶인 청년들을 보았다.

지잉. 얼굴을 분간할 수 없는 어둠 속에서 다시 징소리가 났다. 마님이 입을 여셨다.

"내 지금까지 웬만해서는 자네들의 힘을 빌리지 않

왔네. 하지만 큰 힘이 우모리에 다가오고 있고 그 힘이 쳐들어오도록 놓아두면 우모리만 피해를 보는 게 아니라 세상 전부가 뒤집어질 거야."

지잉. 또 징 소리가 울려 퍼졌다.

"여기 있는 사람 중 나이 든 축에서는 기억하는 사람도 있겠지만 전쟁이 일어났을 때 자네들 힘을 한번 빌렸지. 덕분에 우모리는 누구 눈에도 띄지 않고 무사할 수 있었어. 그로부터 이십 년이 흘렀고 내 다시 한번 자네들 힘을 빌리겠네. 자네들의 힘, 자네들의 생명, 자네들의 피를 빌려 자네들을 지키겠네."

징징 징지징. 징 소리가 연속으로 울려 퍼졌다. 그 옆에서 누군가가 외쳤다.

"무릇 장수가 전장에 나가기 전에 배를 든든히 채워야 하는 법, 여기 마을에서 제일 힘센 장정들이 목욕재계하고 정하게 기다리고 있습니다. 마님께서는 공물을 받아주십시오!"

그다음에는 장구 소리가 어지러이 숲속에 흩어졌다. 마님은 나비처럼 하늘하늘 나무 사이를 움직이며 커다랗게 입을 벌려 한 사람씩 목에 이를 박았다. 이가 박힌 남자의 몸은 처음에는 뻣뻣이 굳었다가 차츰 힘이 풀리며 천천히 나무에 기대졌다. 꼭 감았던 눈은 어느새 풀어져 게슴츠레해지고 입가에는 아련한 미소가 어렸다. 희한하게도 마님이 입을 떼면 상처는 금세 작아져 어둑어둑한 반그늘 속에서 보이지도 않았다. 마님이 피를 다 빨고 나면 그 집안 어른들이 묶여 있던 젊은이의 밧줄을 풀고 늘어진 몸을 부축해 마을로 사라졌다.

짧고도 길게 느껴진 시간이 지나자 어둠 속에서 다시 징이 울었다. 해산 신호였다. 마을 사람들은 모두 손에 횃불을 들고 천천히 마을로 돌아갔다. 나는 아빠 손을 잡은 채 몇 걸음 옮기다가 문득 뒤를 돌아보고 눈을 비볐다. 마님이 서 계신다고 생각했던 자리에는 아무도 없었다. 키 큰 나무 우듬지 위로 사람만큼 커다란 새 같은 그림자가 펄럭이며 지나갔지만 그 외에는 아무것도 없었다. 공터는 죽은 듯이 괴괴했다.

초복이 지나고 며칠 후, 마님이 마을에서 나가셨다.

✳

말없이 홀쩍 나가신 것은 아니었다. 마님은 우선 우리 집에 들러 대문을 두드리고 아빠를 부르셨다. 아빠가 어른 중에서도 유달리 걸음이 잰 편이라서 그런가, 마님은 동네를 한 바퀴 돌며 알려야 할 일이 있으면 늘 우리 집에 들르시곤 했다. 보통 마을 밖에 나갈 때와는 달리 마님은 매우 커다란 회색 나일론 보따리를 한 손에 들고 휘적휘적 우리 집 마당에 들어오셨다. 아빠가 마님을 반갑게 맞았다.

"어서 오십시오, 마님. 어디 출타하시게요?"

"음, 장씨 할멈한테 공수가 내렸어."

아빠는 그 말에 멈칫했다. 아무리 따로 귀신을 섬기지 않는 마을이라지만 그래도 신장과 영통하는 무당을 가볍게 보는 사람은 없었다. 아빠는 조심스럽게 입을 열었다.

"저기… 마을의 변고와 관련된 일입니까?"

"음, 이번엔 좀 오래 다녀올 테니까 마을 안 일은 장씨 할멈이랑 의논하고 누가 밖에 나가서 뭘 조달할 일이 있으면 조 서방네와 함께 다녀오게. 조 서방이 글줄을 제법 알고 나와 함께 대처에도 몇 번 다녀온 적이 있으니 같이 가면 별로 어렵지 않을 걸세. 돈도 어느 정도 맡겨놓았고."

조 서방이면 만재 아저씨였다. 아빠 뒤에 서 있던 나는 그 말을 듣고 나도 모르게 고개를 끄덕였다. 어린 내가 보기에도 만재 아저씨는 눈치가 빠르고 셈속이 좋아 누구에게 쉽게 속아 넘어갈 사람이 아니었다.

"알겠습니다. 그렇게 말해놓겠습니다."

"다녀오겠네."

마님은 그렇게 휙 떠나신 다음, 한 달가량 돌아오지 않으셨다.

그동안 마을은 기이하리만치 조용했다. 땅이 흔들린 다음 한 달 정도는 남쪽 산을 바라보며 서럽게 울어대던 개들도 침묵을 지켰고, 땅거미가 내리면 모든 집에서 대문을 걸어 잠갔다. 가끔 산등성이 너머로 붉은 불빛이 비치면 사람들은 말없이 그쪽을 쳐다보았다. 아마도 마을을 찾아왔던 그 낯선 사람들이겠지. 한창 감자를 캐고 김을 매느라 바쁠 때인데도 마을에는 영 활기가 없었다. 밭으로 새참을 가지고 가는 동네 아주머니들과 언니들은 넋 나간 허수아비처

럼 흐느적대며 힘없이 음식만 내려놓았다가 그릇을
거둬 돌아왔다. 여느 해 복날이었으면 닭을 잡네, 개
를 잡네, 어른들이 모여서 난리였을 텐데 올해는 그
런 것도 없었다. 찝찝하고 무더운 삼복더위가 우리를
계속 내리눌렀다.

그동안 나는 이삼일에 한 번씩 저녁놀 질 때쯤 표
석 근처를 어슬렁거리곤 했다. 마님이 언제 돌아오신
다는 기약은 없었지만 어쩐지 내가 기다려야 할 것
같았다. 마님이 무엇을 하시려는지는 알 수 없었지만
숲속 공터에서의 일도 그렇고 지금 마을 밖으로 나가
신 것도 무언가 불길한 예감이 들었다. 나는 논 사이
로 난 흙길을 서성이며 낯익은 마님의 그림자가 보이
기만을 기다렸다. 기다리면서 다짐했다.

'마님 곁에 있어드려야 해.'

이상하게도 전에 마님의 머리를 빗어드리면서 이
야기를 들은 후 마님이 예전처럼 마냥 어렵게 느껴지
지만은 않았다. 마님은 우리를 텃밭이라 말씀하셨지
만 나는 알고 있었다. 엄마가 텃밭을 얼마나 정성 들
여 가꾸는지를. 집 바로 옆에 있는 텃밭에서 잡초를

뽑을 때, 잘 자란 깻잎과 햇빛에 반들반들한 고추를 뜯어올 때, 엄마의 얼굴은 맛있는 반찬거리를 가져오는 것이 아니라 잘 만든 작품을 내놓는 사람의 표정이었다. 농사는 먹고 살기 위한 일이지만 텃밭은 엄마의 생활이고, 취미이고, 자랑이었다. 엄마뿐만이아니라 텃밭을 가꾸는 동네 아주머니들은 다 비슷했다. 나는 마님의 텃밭에 심긴 것이 싫지 않았다. 오히려 언제까지나 별 탈 없이 마님의 텃밭에서 살 수 있으면 좋겠다고, 마을 어귀를 몇 번씩 왔다 갔다 하며 생각했다.

마침내 마님이 돌아오신 것은 칠석날을 하루 앞둔 저녁, 천천히 땅거미가 내리고 하얗게 돋는 달 옆에 별이 반짝이기 시작할 무렵이었다. 나갈 때보다 더 커진 보따리를 임을 이고 터벅터벅 걸어오는 마님은 한눈에도 엄청나게 피곤해 보이셨다. 내가 뛰어가자 마님의 눈이 놀란 듯이 커졌다. 마님은 마치 말리려는 듯이, 가라는 듯이 엉거주춤 손을 젓다 말고 팔을 내리셨다. 나는 놀라서 마님 앞으로 더 빠르게 달음박질했다.

"마님, 왜요? 저 마리잖아요. 왜 오지 말라고 하셔 요?"

나는 영문을 모르고 마님을 쳐다보았다. 저녁 햇빛 의 장난으로 마님의 눈에 놀이 비쳐 한순간 눈이 붉 은색으로 빛나는 것같이 보였다. 긴 한숨을 쉬며 마 님은 깨지기 쉬운 도자기를 만지는 것처럼 내 머리를 쓰다듬으셨다.

"마리야, 넌 어려서 큰일에 끼우기 싫었는데…."

"마님?"

"동해의 물귀신들이 그랬지. 마을에 갔을 때 제일 먼저 마중 나오는 것을 데리고 가라고. 그래야 승산 이 있다고…. 그게 마리 너일 거라고 생각했어야 하 는데."

마님은 뜻 모를 말씀을 하시더니 내 손을 힘주어 움켜쥐었다.

"어쩔 수 없다. 너도 가자꾸나."

"어… 어디로요?"

"일단은 장씨 할멈네 집으로."

장씨 할머니는 마치 우리가 올 줄 알았던 사람처럼

대문을 열어놓고 있었다. 늘 닫혀 있던 작은방의 여 달이문도 활짝 열려 있었다. 작은방 천장에서 색색의 천들이 늘어져 있고, 벽 한가운데 걸린 빛바랜 장군 도 아래에는 여러 가지 과일과 밀전병, 유과와 강정 이 놓인 상이 차려져 있고, 촛불 두 개와 향로가 놓여 있었다. 장죽을 물고 대청마루에 앉아 있던 장씨 할 머니가 마님을 보더니 고개를 까닥였다.

"오늘 아니면 내일 올 것 같더니만."

마님은 이고 온 커다란 보따리를 마루에 내려놓고 우두둑 소리를 내며 목과 어깨를 풀었다.

"할멈이 내일이 좋다지 않았나. 서둘러서 왔지."

"그야 칠석날이니까. 견우직녀 님이 일 년에 한 번 만나시는 길한 기운을 받아야지."

"그래, 이쪽에 길한 게 있으면 다 갖다 써야지. 물 건은 맡겨뒀다가 내일 가져가겠네."

"그러시우. 이 늙은이가 치성을 드려놓으리다."

그다음 마님은 나를 보고 말씀하셨다.

"나는 먼저 집에 가 있을 테니 조 서방이랑 윤 서방 좀 불러오너라. 너도 같이 와도 된다."

나는 제비가 날듯이 어두운 밤길을 달렸다. 갑자기 마을이 내가 알던 마을로 도로 살아난 것 같았다. 어제까지만 해도 그렇게 음침하고 무서웠던 밤길인데 하나도 무섭지 않았다. 먼저 만재 아저씨네 들러 말씀을 전하고 집으로 또 뛰었다. 대문을 열자마자 엄마의 벼락이 떨어졌다.

"이놈의 기집애가! 날 저물었으면 빨랑 집에 오지 않고 어딜 쏘다녀!"

나는 숨을 헉헉대며 소리쳤다.

"엄마, 이제는 괜찮아요. 마님 오셨어. 아빠, 마님이 아빠랑 나랑 마님 집으로 오라고 하셨어요."

"마님이 오셨어?"

엄마는 나를 야단치는 것도 잊어버렸고 아빠는 서둘러 옷을 걸치고 고무신을 꿰어 신었다.

곧 마님 댁 사랑방은 마님과 아빠, 만재 아저씨의 덩치와 그림자로 꽉 찬 느낌이 들었다. 나는 어른들 뒤편에 다람쥐처럼 오므리고 앉았다. 마님이 헛기침을 하더니 낮은 목소리로 간결하게 말씀하셨다.

"자네들도 알다시피, 마을에 화근이 아직 남아 있

어. 내일 그걸 뿌리 뽑으러 나와 마리가 갈 걸세. 장
씨 할멈 몸주신이 마리를 데리고 가라고 했어."

"네?"

아빠가 눈에 불을 켜고 고개를 홱 쳐들었다. 늘 마
님 앞에서 고개를 숙이고 공손하게 말을 듣던 아빠가
그러는 모습은 처음 보았다. 하지만 마님은 이해한다
는 듯이 고개를 끄덕였다.

"아네. 당연히 딸 걱정이 되겠지. 그러나 어떻게 보
면 마리도 내 옆에 있는 게 제일 안전할 거야."

"아니, 하지만 마님, 이 어린애를…."

한편, 나는 흥분해서 온몸의 피가 마구 뛰노는 것
같았다. 내가 마님께 도움이 될 수 있다니! 너무너무
좋았다. 어렸기 때문인지 마님 옆에서 무슨 일이 생
길 거라는 걱정은 전혀 들지 않았다. 마님이 차가운
눈으로 아빠를 바라보셨다.

"윤 서방, 정신 차리게. 마리가 내 옆에서 무사하지
못하면 자네 옆에서는 무사할 수 있을 것 같은가? 자
네 부부는 아들 둘 건사하면서 도망치기도 정신없을
걸."

"…."

"내일 내가 그걸 막지 못하면 마을 전체가 끝장이
야. 마을뿐인가, 이 나라도 완전히 작살날지 몰라. 사
람이 보기만 해도 미치거나 죽는 어마어마한 괴물이
세상에 나오는 거야. 그런 괴물에게는 사람이 쓰는
총이나 대포 같은 것도 소용없지. 그리고 동방청제가
직접 마리를 데리고 가라고 공수를 내렸네. 신장의
말을 어겼다가 마리가 평생 무병으로 골골거리는 걸
보고 싶은가?"

"마리가… 무당이 되어야 하는 겁니까?"

아빠가 겁에 질린 목소리로 물었다. 마님이 설핏
웃으셨다.

"그건 아니야. 마리는 내일 나를 따라가기만 하면
되네. 그리고 내가 화근을 없애면 마리도 마을도 다
안전해지는 거야. 다만, 마을 사람들은 내일 저녁이
오기 전에 모두 마을 밖으로 나가 있게. 그리고 만약
나와 마리가 돌아오지 않으면…."

마님은 작은 보라색 보따리를 꺼내 만재 아저씨 앞
으로 밀어놓으셨다. '오백 원'이라고 쓰인 지폐가 가

✴

득 들어 있었다. 나는 숨을 삼켰다. 태어나서 지금까지 오백 원짜리 지폐는 본 적도 없었다. 만재 아저씨도 눈이 휘둥그레져서 마님을 쳐다보았다. 마님은 어느 때보다도 싸늘한 목소리로 말씀하셨다.

"이 돈을 될 수 있는 대로 빨리 마을 사람들에게 고루 나눠주고 모두 도망가야 해. 마을에서 최대한 멀리. 세간살이 챙길 생각 같은 것 하지 말고. 목숨이 붙어 있으면 나머지야 돈으로 살 수 있는 거니까. 조서방과 윤 서방이 돈을 맡고 사람들을 데려가게."

늘 그랬듯이 마님의 말씀은 제꺽 지켜졌다. 다음날 저녁때쯤 되자 굴뚝에 저녁연기가 나는 집이 없었고 마을에 남아 있는 것은 개와 닭, 돼지, 염소와 소 같은 짐승들뿐이었다. 그리고 또 한 사람이 있었다.

"마리야, 이따 따라가려면 끼니 챙겨야 된다. 아직 시간이 많으니 드란댁도 앉아 있다 가시구랴."

"안 나갔나?"

"내가 살면 얼마나 더 산다고. 이제 죽으면 죽었지 이 나이에 원행을 해서 또 다른 데 자리 잡는 건 못

하겠어."

장씨 할머니는 마을 밖으로 나가지 않았다. 할머니가 개다리소반에 시래기된장국과 콩나물무침, 콩자반과 달걀구이를 담아 온 밥상을 보고 나도 모르게 침을 삼켰다. 엄마는 달걀구이 같은 음식을 내게 준 적이 거의 없었다. 어쩌다 아빠가 아빠 몫을 반 갈라줄 때도 기집애 입 높아진다고 대놓고 지청구를 줄 정도였다. 달걀은 귀한 음식이었으니까. 내가 정신없이 먹는 것을 흐뭇하게 지켜보던 장씨 할머니가 문득 남쪽 산 너머 하늘을 바라보았다.

"비가 오겠어…."

나도 밥을 먹다 말고 그쪽 하늘을 바라보았지만 먹구름은 보이지 않았다. 하지만 드란댁 마님도 고개를 끄덕이셨다.

"그러게. 마리가 힘들겠네. 저녁 먹고 집에 가서 장화로 갈아 신고 오너라."

긴가민가했지만 정말로 저녁 먹고 한 시간쯤 지나자 하늘이 우르릉거리더니 비가 쏟아지기 시작했다. 석 달 전 초여름의 폭우처럼 기세가 흉흉하니 그칠

기색이 보이지 않았다. 장씨 할머니가 헛간에서 비닐 우비를 내어와 내게 입혀주었다. 잠시 후 마님이 일어나 전날 가져온 보따리를 챙기셨다.

"가자."

마님은 비에도 아랑곳 않고 우산 하나 없이 걸어가셨다. 나는 마님 뒤에서 터벅터벅 걸어갔다. 우리는 곧 남쪽 산에 다다랐고 예전에 알던 길이 그새 수풀에 다 가려버려서 나는 길도 모르고 마님 발꿈치만 졸졸 따라가는 꼴이 되었다. 산을 반쯤 올라가자 등성이 너머로 붉은 불빛이 보였다. 마님이 혀를 쯧 차셨다.

"쓸데없는 짓을 하는군. 방법이 틀려먹었어."

"네?"

"저것들은 내려온 다음에 없앨 생각을 하고 있나 본데, 내려온 다음엔 늦어. 내려오기 전에 보내버려야 하는데."

영문 모를 말씀을 하시고는 마님은 계속 산을 올라갔다. 가끔 내가 미끄러질 때 잡아주시는 것 빼고는 묵묵히 올라가기만 했다. 비가 와서 그런지, 한참 안

오던 길이 되어서 그런지, 유난히 산에 오르기가 힘들었다. 마침내 꼭대기에 닿았을 때 나는 숨이 턱에 닿아 헉헉거리고 있었다. 마님이 내 손을 꼭 잡으셨다.

"마리야, 저기 봐라. 보이니?"

이 밤중에 폭포같이 쏟아지는 빗줄기 속에서 뭐가 보이겠나 싶었지만 일단 마님이 가리키시는 곳을 보았다. 나는 나도 모르게 입을 떡 벌렸다.

"저건…!"

마을 반대쪽 산허리에 커다랗고 둥그런 불덩이가 박혀 있었다. 아니, 불덩이는 아니고 돌덩이 같은 것이었는데 표면에서 불기운이 피어오르는 것 같았다. 그 불기운은 내가 지켜보는 동안에도 시시각각 색깔이 바뀌었는데 도저히 흙이나 돌이나 나무에서 나올 것 같지 않은 색깔들이었다. 시퍼런 불덩이가 돌 위를 핥듯이 노닐다가 다음 순간 밝은 자주색으로 변하질 않나, 은행잎처럼 노란 불꽃이 튀다가 어느새 호박색 불길이 넘실거렸다. 한참 보고 있자니 눈이 어질어질하며 속에서 토기가 올라오는데도 눈을 뗄 수가 없었다.

갑자기 커다란 손바닥이 내 눈을 가렸다. 마님의 차가운 손이 내 눈두덩을 두드렸다. 눈을 감아도 그 괴상한 색채들의 잔상이 어른거렸지만 마님의 손이 닿으니 토기는 좀 내려가는 것 같았다. 나는 눈을 감은 채 물었다.

"마님, 저게 뭔가요?"

"너도 알지 않느냐. 하늘에서, 아니 우주 저편에서 떨어진 돌덩이야. 제가 온 곳에서 살던 놈들을 부르고 있는 거다. 장씨 할멈 공수나 동해 쪽 영가들 말이 맞다면 그놈들이 오늘 올 거야."

"동해까지 다녀오신 거예요?"

"음, 동해 물귀신들에게 부탁할 일이 있었거든. 다행히 늦지 않게 돌아올 수 있었어."

"돌덩이가 어떻게 괴물을 부르나요?"

"저 돌덩이는 우리가 아는 하늘 너머, 아득하고 거대한 우주 저편을 떠도는 생물들의 탈것이자 그놈들 몸의 한 부분이란다. 지금처럼 어느 별에 와서 박히면 한편으로는 제 본체들이 살기 좋은 땅을 만들려고 애를 쓰고, 한편으로는 본체에게 이리 오라고 신호를 보내는 거야. 그리고 본체가 오면 별에 사는 생명체들과 별 자체의 생명력을 빨아 먹고 버리는 거지. 저놈들 때문에 황폐해지고 폭발한 별들이 한두 개가 아니라는구나."

속이 좀 진정되자 나는 살그머니 눈을 떴다. 하지만 다시 아래를 내려다볼 엄두는 나지 않았다. 대신 나는 하늘을 쳐다보았다. 누그러지지 않은 빗줄기 때문에 위를 보기가 힘들었고 하늘은 꺼멓기만 했다. 그 하늘에서 우리를 몽땅 빨아 먹어버릴지도 모르는 괴물이 온다는 것이 믿어지지 않았다. 내가 다시 빗줄기를 피해 고개를 숙이는 순간이었다.

"왔다!"

마님의 긴장한 목소리가 들리는 동시에 하늘이 번쩍이며 훤해졌다. 반사적으로 다시 하늘을 올려다보다가 나는 나도 모르게 입을 막았다. 하늘을 밝힌 것은 번개가 아니었다. 방금까지 칠흑처럼 까맣던 하늘이 아까 내가 내려다보던 돌덩이처럼 이리저리 소용돌이치고 파도처럼 울렁거리며 빛나고 있었다. 그리고 움직이고 있었다. 돌을 여러 개 넣은 얇은 보자기가 걸을 때마다 이리저리 눌리듯 하늘이 여기저기 눌리고 움직이며… 찢어질 것 같았다.

그리고 마침내 하늘이 찢어지려는 순간, 나는 비명을 질렀다.

그때까지는 무서운 줄 몰랐던 것 같다. 빈 마을에 마님과 장씨 할머니와 함께 남아 있는 것은 괜찮았다. 오히려 내가 특별한 사람이 된 것 같아 으쓱하기까지 했다. 밤에 산길을 오르는 것은 매우 힘들었지만 마님이 이끌어주셔서 무섭지 않았다. 우주에서 왔다는 돌덩이를 쳐다보는 건 어지럽고 속이 뒤집어지는 일이었지만 무섭지 않았다. 모든 것을 빨아 먹는다는 괴물 이야기를 들어도 실감이 나지 않았기 때문에 무섭지 않았다. 하지만 눈앞에서 하늘이 찢어지려고 하고 거기서 무엇이 튀어나올지 알 수 없는 건 무서웠다. 어느새 보자기를 풀어 검은 뭉텅이를 꺼내 안은 마님이 지금까지 본 적이 없는 험악한 얼굴로 하늘을 노려보고 계시는 것도 무서웠다. 이제는 앞으로 일어날 모든 일이 무서웠다.

아슬아슬하게 버틴 하늘이 다시 꿈지럭거렸다. 발

아래에서 돌덩이가 빛났다.

그 순간 생각나는 일, 내가 할 수 있는 일은 하나밖에 없었다. 나는 마님에게 외쳤다.

"마님, 제 피를 드세요!"

이 빗소리 속에서 내 말이 들릴까? 아니, 들으셨다! 그 증거로 마님이 생전 처음 보는 얼빠진 표정으로 나를 바라보셨다. 그 얼굴을 보자 웃을 때가 아닌데 웃음이 나왔다. 나는 웃으며 소리쳤다.

"마님이 피는 생명이라면서요! 저런 괴물한테 제 피는 못 주겠어요. 빨아 먹힌다면 마님한테 빨아 먹힐래요. 어서 제 피까지 먹고 우리 엄마 아빠를 지켜 주세요. 어서요!"

내가 할 수 있는 일은 그것밖에 없었다. 그리고 마지막까지 웃는 것.

그래도 할 수 있는 일이 있어서 기뻤다. 나는 아무것도 못 하고 지켜보기만 하는 무력한 눈동자가 아니었다.

마님의 입이 한일자로 굳게 다물렸다. 그새 하늘이 계속 요동치더니 드디어 찢어지기 시작했다. 돌덩이

✳

에서 번쩍이던 것보다 훨씬 어지럽고 역겨운 빛이 하늘에서 새어 나오기 시작했다.

마님의 입이 열렸다. 그 안에서 지금까지 보지 못했던 새하얗고 긴 송곳니가 어둠을 가르고 빛났다. 하지만 적어도 그 빛은 어지럽지 않았다.

아니, 어지러웠다. 마님의 송곳니가 내 목을 뚫고 들어오면서 온몸의 피가 훅 빨려 나가는 느낌이 든 다음에는 어지러워서 몸을 지탱할 수가 없었다. 왜 공터에서 오빠들의 몸을 나무에 묶어 놓았는지 그제야 알 수 있었다. 나는 휘청거리다가 아예 땅에 대자로 납작 엎드려버렸다. 자칫하면 균형을 잃고 산 아래로 굴러떨어질 것 같았다. 몸이 나른해지고 눈을 감으면 금방이라도 졸음이 쏟아질 것 같았다. 하지만 하늘에서 눈을 뗄 수는 없었다. 나는 턱을 땅에 박은 채 계속 하늘을 쳐다보았다.

하늘이 완전히 길게 찢어졌다. 그리고 무엇인가가 꿈틀거리며 그 사이를 비집고 나오기 시작했다. 오징어 다리를 수백 배로 키운 다음, 청록색으로 칠해 놓으면 저런 느낌일까. 나는 멍한 머리로 생각하다가 고개를 흔들었다. 그것보다 백 배는 더 징그러웠다. 게다가 그다음, 다음으로 하늘을 비집고 나오는 다리가 훨씬 더 많았다. 하나둘 세다가 어지러워지는 지네 다리 같았다.

'닭을 갖다가 붙여놓을 걸 그랬나….'

이치에 닿지 않는 생각을 하면서도 홀린 듯이 그 흉측한 다리들을 보고 있을 때였다. 갑자기 검은 그림자가 펄럭이며 눈앞에서 뛰어올랐다. 마님이었다. 마님은 사람이 도저히 뛰어오를 수 없는 높이까지 뛰어오르셨다. 하늘에 닿을 때까지 날아오르셨다. 거의 그 징그러운 다리들에 닿을 때까지. 불경한 다리에 낚이지 않을까 걱정될 때까지.

그리고 마님이 안고 계시던 검은 뭉텅이가 펼쳐졌다.

그것은 지금까지 본 적이 없던 커다란 그물이었다. 찢어진 하늘을 덮을 만큼 큰 그물. 그물 매듭마다 뭔지 모를 하얀 것들이 씌워져 있었다. 마님은 그 그물을 힘껏 던지셨다. 막 하늘을 벗어나 들어오려던 다리 하나에 그물이 휘감기고, 그다음에는 다른 다리와 그물이 얽혔다. 마님은 휙휙 날아다니며 하늘에서 삐져나온 다리마다 그물이 얽힐 때까지 꼼꼼히 그물을 씌우셨다.

다리들은 그물을 벗어버리려 꿈틀거렸다. 몸부림쳤다. 그것이 안 되자 그물을 찢으려고 마구 힘을 주었다. 마님에게 피를 빨리고 눈이 밝아졌는지 하늘 저편에서 일어나는 일인데도 한 다리가 버티고 다른 다리가 그물을 잡아당기는 모습이 훤히 보였다. 하지만 무엇으로 만들어졌는지 모를 그물은 찢어지지 않았다. 오히려 벗어나려 발버둥 치는 다리들을 점점 더 옥죄며 하늘 저편으로 밀어내는 것 같았다. 하늘에서는 다리들과 그물이 치열하게 싸웠다. 발아래에서는 돌이 우웅 소리를 내며 들썩거렸다. 돌에서 나오는 빛이 강해졌다 약해졌다 하는 것 같았다. 그렇게 얼마나 지났는지 알 수가 없었다.

끝났다. 갑자기 모든 것이 멈추었다.

다리는 그물에 얽힌 채 찢어진 하늘 저편으로 후퇴했다. 빗줄기가 가늘어졌다. 나는 멍한 머리로 침입자가 비운 하늘이 다시 아물어가는 모습을 지켜보았

✱

다. 아래에서 돌덩이가 내던 역겨운 빛도 점점 약해지는 것 같았다. 마침내 그 빛이 다 꺼졌나 하는 순간 다시 땅이 쿵, 하고 울렸다. 한 번이 아니었다. 몇 번 되풀이해서 쿵쿵거리더니 곧 조용해졌다. 나는 일어날 힘도 없어서 땅에 이마를 댄 채 중얼거렸다.

"저 소리는 뭔가요?"

"돌이 빠져서 굴러갔어."

"괜찮은 건가요?"

"그 어디 대학에서 왔다는 사람들이 친 천막을 깔아뭉개버렸네. 그 안에 누가 있었다면 죽었겠지. 그것 빼고 돌은 걱정할 필요 없을 것 같다. 불빛이 완전히 꺼졌거든."

강하고 단단한 팔이 나를 가볍게 들더니 너른 등이 가뿐히 들쳐 업었다. 마님의 등은 따뜻하진 않았지만 의외로 편안했다. 어차피 비에 젖을 대로 젖은 몸이라 차갑게 식어 있기는 다 마찬가지였다. 내려가면서 나는 계속 마님께 말을 걸었다. 입이라도 움직이지 않으면 금방 잠들어버릴 것 같았다.

"마님, 그 그물은 뭐였어요?"

"네 말대로 그물이지, 뭐겠니."

"그런데 어떻게 안 찢어졌어요?"

"장씨 할멈이 가르쳐준 대로 했지. 동해안 물귀신들에게 부탁해 물에 빠져 죽은 사람들의 머리카락을 모아 그물을 짜고, 복숭아씨 기름을 발라 길을 내고, 고를 튼 곳 하나하나마다 짚신을 묶었단다."

"짚신이요? 아, 그 흰 게 짚신이었구나."

"장씨 할멈 말이, 다리가 많은 놈은 신발을 신겨서 보내버리면 다시 안 온다더구나."

그 말에 나도 모르게 웃었던 것 같다. 그다음에 마님이 작은 소리로 속삭이듯 말씀하셨다.

"고맙다. 역시 너를 데려오길 잘했어. 나한테 지킬 것이 있다는 걸 상기시켜주었구나."

그 말을 끝으로 아무것도 기억나지 않았다. 나는 혼곤하게 잠들어버렸다.

다음날 새벽, 마을 사람들은 한 명도 빠짐없이 다시 집으로 돌아왔다. 돈 보따리는 만재 아저씨가 마님께 고스란히 돌려드렸다. 그해 소출은 반타작이 났지만, 마님이 쌀과 잡곡을 사오셨기 때문에 겨우내 하루 세끼를 못 먹을 정도는 아니었고, 다음 해 봄에는 산에서 캔 냉이며 달래, 쑥으로 국을 끓여 먹을 수 있었다. 음침하고 이상한 빛을 번쩍이며 사람의 발길을 거부하던 때가 언제였나 싶을 정도로 봄 햇볕 속에 잠긴 산은 따사롭고 향긋했다. 다시 해를 넘겨 입춘이 올 때쯤 되자 그해 여름의 공포는 어지러운 꿈자리처럼 희미한 기억만 남았다.

그렇지만 마을은 조금씩 변해갔다. 먼저 장씨 할머니가 시름시름 앓다 돌아가셨다. 마을 사람들은 돌아가며 반찬을 해다드리고 요강을 비워드렸지만 노환을 돌이킬 수 있는 약은 없었다. 돌아가시기 보름 전부터는 깨어 있는 시간보다 주무시는 시간이 더 많은 것 같았다. 마지막으로 내가 병문안을 갔을 때 장씨할머니는 마침 눈을 뜨고 계셨다. 할머니가 나를 보고 빙긋 웃으셨다.

"마리 왔나. 죽을 날이 다 된 노인 챙기느라 욕보는구나."

"욕보긴요. 집에서 흰죽이랑 보리차 챙겨왔어요.

얼른 낫기나 하세요. 마님도 걱정 많이 하세요."

나는 상 위에 죽 그릇을 놓고 부엌을 뒤져 종지에 조선간장을 따라왔다. 하지만 할머니는 보리차만 한 모금 드시더니 밥상보를 덮어버리셨다. 그리고 내게 가까이 오라고 손짓을 하셨다. 내가 무릎걸음으로 가까이 가자 할머니가 내 손을 부드럽게 잡으셨다.

"그때는 수고했다. 드란댁한테도 고맙다고 전해다오."

"에이, 뭐가요…."

나는 멋쩍어서 슬그머니 손을 빼려고 했지만 할머니는 내 손을 더 꼭 움켜쥐셨다.

"아니야, 애야. 들어봐라. 내가 스물다섯부터 평생 신장님을 모셔왔는데 내림굿을 받은 다음에, 그래, 그다음에 신령님이 오신 걸 그렇게 강하게 느낀 게 처음이었어. 그전까지는 솔직히 무서웠다. 늙는 것도 무섭고, 병드는 것도 무섭고, 죽는 것도 무섭고. 하지만 신장님이 나를 지켜주시고, 이 마을을 지키고, 세상을 지켜주신다는 걸 그때 알았다. 알고 나니 무섭지가 않더구나. 저세상으로 건너가도 다들 나를 지켜주실 게야. 드란댁과 네가 그걸 알도록 도와줬지. 그게 고맙다는 거다. 그걸 아니까 이제는… 무섭지 않아. 그러니 내 걱정은 할 것 없다."

할머니는 천천히 내 손을 놓고 다시 자리에 드러누우셨다. 주름진 눈꺼풀이 감기고 곧 드릉드릉 코 고는 소리가 들리기 시작했다. 나는 큰 소리가 나지 않게 조심조심 나와 문을 닫았다.

그것이 할머니의 유언이 되었다. 며칠 후 할머니는 자다가 곱게 돌아가셨다. 모두 호상이라고 이야기한 장례가 끝나고 마님께 그 이야기를 하자 마님은 껄껄 웃으셨다.

"노인네 보기보다 담이 작았구먼. 자기 몸주신 자랑을 그렇게 해댔으면서 죽어서 안 지켜줄까 봐 겁났었다니. 진작 말했으면 내가 편안히 흙으로 돌아갈 때까지 앞으로 백 년은 지켜준다고 했을 텐데."

장씨 할머니가 돌아가신 것만 달라진 일이 아니었다. 마님은 전처럼 마을 밖으로 혼자 다니지 않으셨다. 예전처럼 만재 아저씨나 아빠만 데리고 다니시는 것도 아니고 집집마다 젊고 눈치 빠른 사람들을 돌아가며 데리고 나가셨다.

또 마님이 마을 안팎을 자주 오갈수록 마을에 슬금
슬금 못 보던 물건들이 들어오기 시작했다. 제일 먼
저 자전거가 집마다 들어왔고 젊었을 적에 자전거 좀
탔다 하는 장수 아저씨가 젊은이들과 아이들에게 자
전거 타는 법을 가르쳤다. 경운기가 들어왔을 때는
아무도 몰 줄 아는 사람이 없었기 때문에 기술자가
함께 와서 경운기 운전하는 법과 땅 갈아엎는 법을
가르쳐주어야 했다. 나는 외지 사람이 이렇게 드나들
어도 되는지 마님 눈치를 슬쩍 보았지만 마님은 예전
같지 않게 그냥 웃고만 계실 뿐이었다. 그다음 해 늦
가을에는 연탄장수가 와서 연탄을 부려놓고 갔다. 그
때는 이미 집집마다 연탄 화로가 하나씩은 들어와 있
었다.

사람들은 변화 하나하나에는 웃고 박수를 쳤지만
전체 변화에는 놀랄 정도로 무감했다. 몇 년이 지나
면서 동네 대소사에 마님을 찾는 횟수가 확 줄어들었
는데 아무도 눈치채지 못하는 것 같았다. 그럴 때마
다 나는 약간 분한 마음으로 마님께 행사 일을 미주

알고주알 말씀드렸지만 마님은 웃기만 하고 아무 말씀도 없으셨다. 나중에는 나조차도 별일 없으면 마님 댁 앞을 무심히 지나치다 흠칫 놀랄 정도였다.

그동안에도 세상은 차곡차곡 변해갔다. 소가 끄는 수레가 점점 줄어들고 이제 경운기는 신기한 물건이 아니라 농사에 없어서는 안 될 물건이 되었다. 두엄이 아니라 화학 비료가 들어오고 휑하던 벌판에 커다란 기둥들이 세워졌다. 쓸 곳이 없어 비워놓았던 마을 공터에 커다란 건물이 생기고 사람들은 거기에 '마을회관'이라는 이름을 붙였다. 이제 어른들은 만재 아저씨네 집에 모이지 않고 마을회관에 모였다. 마님이 물건을 사오시는 대신, 가까운 대처인 대우에 장이 열 때 집마다 자전거를 타고 나가 물건을 사왔다. 자고 나면 뭔가 한 가지씩 바뀌어 있는 느낌이었다.

그리고 우리 마을에 전기가 들어왔다.

길을 따라 세워진 전봇대 사이로 전선이 걸리고 방마다 놓였던 촛불이 사라지고 알전구가 하나씩 연결되었다. 마을회관에 라디오와 텔레비전이 놓였다. 처음으로 텔레비전을 켜던 날, 사람들은 돼지머리와 떡과 과일을 놓고 고사를 지낸 다음 옹기종기 둘러앉았다. 다섯 시에 〈나의 조국〉이 울려 퍼진 다음 먼저 방송된 것은 어린이 프로그램이었지만 어른들도 정신없이 보았다. 우리는 아홉 시에 "이제 어린이들은 잠자리에 들 시간입니다" 하는 방송이 나오는 것을 처음 보았다. 그전에는 '잘 시간'에 신경 써본 적이 없었다. 여름이든 겨울이든 날이 저물고 난 다음 엄마가 이부자리 펴라고 하고 촛불을 끄면 잘 시간이었지 마술 같은 텔레비전이 이렇게 잘 시간을 챙겨주는 것은 처음 보았다. 전파 사정이 안 좋아 채널 두 개밖에 나오지 않던 텔레비전이었지만 모두 눈을 떼지 못했다. 그렇게 사람들이 모여서 신기해하는 동안 나는 사람들 뒤편에서 마님이 텔레비전을 지켜보다 슬그머니 가시는 모습을 보았다. 놀랍게도 아무도 마님이 왔다 간 것을 눈치채지 못하는 것 같았다.

그다음 날 밤, 누군가가 우리 집 대문을 두드렸다. 잠귀가 밝은 아빠와 유난히 잠이 안 와서 달빛에 비치는 창호지 문살을 멍하니 바라보고 있던 나만 그 소리를 들었다. 아빠가 문을 열고 나가며 투덜거리는 소리도 들렸다.

"아니 이 밤중에 누가… 아이고, 마님!"

나는 벌떡 일어났다. 마님이 마지막으로 우리 집을 찾으신 게 재작년이었다. 무엇보다도 반가운 마음이 앞서서 얼른 문을 열고 나가 고무신을 꿰어 신었다. 하지만 마님은 할 말씀을 다 하셨는지 막 발걸음을 돌려 떠나려던 참이었다. 마침 마님의 눈과 내 눈이 마주쳤다. 마님이 잊을 뻔했다는 듯이 말씀하셨다.

"그래, 마리도 데리고 오게. 마리에게 줄 것도 있으니."

잠시 후 아빠와 나, 만재 아저씨가 마님 댁 사랑방에 앉았다. 이곳에 와보기도 참 오랜만이었다. 감회에 잠기는 나와 달리, 아빠와 만재 아저씨는 좀 어리둥절해 보였다. 드나들기는 어른들이 훨씬 더 많이 드나들었을 텐데 처음 오는 사람처럼 어색해했다. 무릎을 꿇은 것도 아니고 양반다리도 아닌 어정쩡한 자세로 앉아 있는 아빠와 만재 아저씨 앞에 마님이 묵직한 보따리 두 개를 내려놓으셨다. 하나는 자색 보자기, 하나는 연두색 보자기였다. 마님이 자색 보자기를 먼저 가리키셨다.

"이건 우모리 사람들 호적과 재산 등기해놓은 거야. 집과 전답을 나누어 등기를 해놓았으니 팔고 이사를 가든, 계속 농사를 짓든 지금처럼 부지런히 살면 굶지는 않을 걸세."

이어 연두색 보자기를 밀어놓으며 말씀하셨다.

"그래도 당장 쓸 돈은 있어야겠지. 집마다 공평히 나눠 가지게. 늘 그랬지만 자네들 둘이 제일 머리도 빠르고 사심이 없으니 이런 일을 하기에 적임이지."

"마님… 그런데 갑자기 왜…."

만재 아저씨가 간신히 말을 꺼내자 마님이 싱긋 웃으셨다.

"여기서 근 삼십 년을 살았더니 슬슬 다른 곳에 가서 바람이나 쐴까 싶어서. 오랜만에 고향에 가보고 싶은 마음도 있고. 영영 가는 건 아닐세. 못 올 곳도 아닌데 다시 오면 되지. 그동안 자네들에게 신세를 많이 졌네."

"신세라니요. 저희야말로 마님 덕에 살아났고…."

은근히 마음 약한 아빠의 눈에 물기가 그렁그렁

해지는 것이 보였다. 참 오랜만에 내가 아는 세상으로 돌아온 느낌이었다. 나 여덟 살 때 마님이 우모리의 대소사를 챙겨주시고 사람들은 마님에게 감사하고 앞으로 어떻게 살아야 할지 생각도 걱정도 없던 시절. 그냥 그렇게 살다가 죽을 것만 같았던 시절. 마님이 돌아오신다는 말을 나는 믿지 않았다. 돌아오실 거면 서류며 돈이며 그렇게 나눠주실 필요가 없었다. 날아가기 전에 둥지를 부순다는 매처럼 마님도 우모리를 손에서 놓고 계시는 거였다. 가지 마시라고 마님을 말리고 싶었지만 지금껏 마님을 잊어버리다시피 하고 살았는데 이제 와서 마님을 붙잡는 것은 너무 염치가 없는 짓 같았다. 그런 생각을 곱씹자 내 눈에서도 눈물이 주르륵 흘렀다. 마님은 난처한 듯이 나를 쳐다보시더니 아빠에게 말했다.

"여행가기 전에 당부 하나 하지. 아들이 둘이라 넉넉하지는 않겠지만 마리는 꼭 자기 하고 싶은 만큼 공부를 시켜주게. 이 선생 있을 때 한글과 숫자는 얼추 뗐으니 조금 더 공부시켜서 적어도 중학교까지는 꼭 보내야 하네."

"말씀은 감사하지만 계집애가 공부는 무슨요. 이제 나이도 열 살이 훌쩍 넘었으니 집에서 집안일 몇 년 돕다가 시집가야죠…."

극구 사양하던 아빠가 마님의 눈길을 보고 입을 다물었다. 마님의 눈이 불같이 활활 타오르고 있었다. 마님은 진심으로 화를 내고 계셨다.

"시집, 좋지. 좋은 짝 만나서 평생 같이 아껴주고 살면 좋겠지. 하지만 기억하게. 나랑 우모리 전체는 마리에게 빚을 졌어. 마리는 하고 싶은 만큼 공부를 하고, 하고 싶은 일을 하다가, 가고 싶을 때 시집가야 해. 내 말을 어기면 자네도 곱게 죽지는 못할 걸세. 알겠나?"

천둥 같은 마님의 기세에 아빠는 황급히 머리를 조아렸다. 마님이 고개를 끄덕였다.

"알았으면 됐어. 오늘은 내가 마리를 데리고 잘 테니 이제 자네들은 가보게."

아빠와 만재 아저씨가 나가고 나서 잠시 침묵이 흘렀지만 곧 마님의 부드러운 손이 내 머리에 와 닿았다.

135

✷

"피곤하지 않니? 어린이들은 이제 잠자리에 들 시간이란다."

마님이 텔레비전 방송을 흉내 내고 계셨다. 나도 모르게 까르륵 웃었다. 그러고 보니 마님 방에는 알전구도 달려 있었다. 자려다 깨서 피곤하기는 했는지 이부자리를 펴고 전구를 끈 다음 마님 곁에 누워 눈을 감자 금세 나른한 기운이 온몸에 몰려들었다. 하지만 자기 전에 마님께 꼭 여쭤봐야 할 것이 있었다. 나는 마님 겨드랑이 밑으로 파고들며 노곤한 목소리로 물었다.

"마님, 여행 다녀오신다는 건 거짓말이죠? 영영 가시는 거죠? 왜 가시는 거예요?"

마님의 손이 내 귓바퀴를 쓰다듬었다. 마님이 다정한 목소리로 물으셨다.

"마리야, 하늘이 찢어지던 날 기억하니?"

"그럼요, 어떻게 잊겠어요."

'마님이 마을을 구해주신 날인데' 하는 말은 그냥 입안에서 삼켰다. 마님은 공치사를 싫어하는 성격이었다.

"기억하고 있었구나. 지금쯤은 잊어버리고 있을 줄 알았는데."

"네."

"그때, 그물을 던질 때 한순간 내 손이 그놈 발에 닿았단다. 그물 덕분에 붙잡히지는 않았지만 그놈 발에 닿은 순간 참 희한한 경험을 했어. 내가 아는 시간과 모르는 시간이 접혀 있던 부채처럼 머릿속에 펼쳐지면서 여러 가지가 보였지. 멀리 떨어진 나라에서 공같이 생긴 인공 별을 쏘아 올리는 모습도 보였고, 내 고향이 전쟁에 휩싸이는 모습도 있었어. 그리고 내가 없는 우모리의 모습도…."

"네?"

"내가 언젠가 이야기한 적이 있을 거야. 나는 우모리를 텃밭처럼 가꿨다고. 텃밭은 손이 안 가면 금세 망가지지. 하지만 우모리는 내가 없다고 망가지지 않았고 사람들은 흩어지기는 했을지언정 잘 살아가고 있었어. 반대로 내가 계속해서 가꿔가는 우모리의 모습도 보였다. 먹고사는 데는 부족함이 없지만 계속 변하지 않고, 점점 세상에서 물러나고, 백 년쯤 후에는 바깥세상 사람들과 전혀 다른 생활을 하고, 말조차 통하지 않는 우모리가."

"…."

"선택은 내 몫이었단다. 나는 천천히 우모리를 놓을 준비를 했고 사람들의 머릿속에서 내 기억을 지웠지. 이제 전기까지 들어왔으니 내가 할 일은 다 한 듯싶다. 앞으로 그놈들이 또 쳐들어오려 한다고 해도 그때는 인간들이 주술이 아닌 과학으로 싸울 수 있겠지. 우모리는 다른 곳보다 뒤떨어지지 않을 테고 한 이십 년쯤 지나면 우모리 사람들은 내가 있었다는 것도 기억하지 못할 거다. 하지만 너한테만은 기억되고 싶은 욕심도 있구나."

마님의 말씀이 아물아물해지기 시작했다. 눈을 뜨고 있으려고 해도 쉽지 않았다. 나는 깜박깜박 졸면서 마님의 말씀을 들었다.

"앞으로 세상이 복잡해지고 더 복잡해져서… 공부는 꼭 해두어야… 어디에 묶이지 말고… 마음대로…."

다음 날 아침 눈을 떴을 때 마님은 보이지 않았다.

138

✳

대신 머리맡에 작지만 묵직한 금덩어리와 쪽지가 하나 놓여 있었다.

"윤 서방이 뭐든 못하게 하면 이걸 쓰거라. 잘 지내렴."

금덩어리와 쪽지를 간직하고 집에 돌아오면서 나는 내내 훌쩍거렸다.

그다음부터는 예서 너도 다 아는 이야기란다. 우모리에도 동사무소와 국민학교가 생기고 나는 나이보다 늦게 중학교에 들어갔어. 아버지, 어머니는 내가 고등학교까지만 다니고 시집가기를 바랐지만 나는 간호전문대에 들어가서 간호사가 되었고, 네 할아버지를 만나고, 네 엄마를 낳고 이렇게 살았지. 어려울 때에도 마님이 주신 금은 끝까지 팔지 않았어. 어떨 때는 그게 모두 어린 시절의 꿈이나 상상이 아니었을까 싶은 생각이 든단다. 그럴 때면 나는 그 금덩어리를 꺼내보면서 다시 되새기는 거야. 아무도 믿지 않을 존재를.

외계에서 온 존재와 맞싸울 정도로 우모리를 사랑

했고 나를 딸처럼 아껴주었던 어느 흡혈귀가 있었다
는 걸.

✳

작가의 말

✳

공포 소설이나 영화를 좋아하는 사람들도 '꽂히는' 지점은 각자 다르다. 누구는 처녀귀신에, 누구는 구미호에, 누구는 좀비에, 누구는 늑대인간에, 누구는 귀신이 나온다는 폐가에, 누구는 미친개나 식인 상어 같은 통제할 수 없는 동물에 매료된다. 이 세상의 존재가 아닌 유령 이야기를 좋아하는 사람도, 피투성이 살인마 이야기를 좋아하는 사람도 있다. 내 경우는 뱀파이어다. 창백한 얼굴에 키가 크고 검은 옷을 두르고 다니는, 전설과 미신의 고장 트란실바니아에서 그 시대 최첨단 도시 런던으로 온 구시대의 귀족. 피

✳

를 탐하는 야만성과 탐미적인 성격을 동시에 갖고 있
는 모순적인 존재.

하지만 '러브크래프트 (전복적으로) 다시 쓰기'라는
기획을 처음 접했을 때는 뱀파이어 이야기를 쓰려는
생각이 없었다. 나는 오히려 러브크래프트의 여성혐
오가 가장 노골적으로 드러난 단편 〈현관 앞에 있는
것〉을 다시 쓰려고 했다. 원작에서는 마술사 에프라
임이 영생을 얻기 위해 딸 아세나스의 몸을 탈취했다
가, 여성보다 더 우월하고 마력이 강한 남성의 몸을
다시 얻기 위해 사위 에드워드 더비의 몸을 차지하려
다 죽는다. 그렇지만 문화사나 문학사에서 미지의 것,
두려운 것, 광기와 달과 마법과 더 맞닿아 있는 존재
는 당연히 여성 아닌가? 에프라임이 더 많은 마력을
얻고 싶었다면 남성이 아니라 여성의 몸을 가지려고
했을 것이다. 그래서 처음에는 더 긴 수명과 여성의
몸을 원하는 나이 든 마법사와 그의 마수에서 도망치
려고 하는 어린 여성 연인들의 이야기를 구상했다. 나
쁘지는 않았지만 약간 심심하지 않나 싶었다.

그러다가 문득 우주적 공포/지구의 공포 사이의 대

립쌍은 어떨까 하는 생각이 들었다. 인간을 텃밭처럼 재배해서 길러 먹는 초자연적 존재가 러브크래프트 세계에 나오는 외부의 신에게 침입을 받는다면 그 존재는 어떻게 반응할까? 상대가 무엇이든 일단 '자기 것'을 지키기 위해 싸우려 들지 않을까? 가만, 자신의 땅과 흙에서 힘을 얻는 존재라면 트란실바니아의 흙을 런던까지 가져간 드라큘라 백작을 빼놓을 수 없지 않은가? 또 뱀파이어는 인간을 단숨에 죽일 필요도 없다. 가축처럼 길러서 새끼를 치게 하고 가끔가다 피를 뽑아먹는 농경형 뱀파이어가 생길 수도 있다. 그러면 뱀파이어가 그 공동체의 주인이자 지배자가 될 것이다. 그런데 아무리 작은 공동체라도 통치자는 피지배자들의 동의를 얻어야 하지 않을까? 그 동의는 어떻게 형성되고 유지될까? 공동체 내부 성원에게는 어떻게 보일까? 그렇게 자기 것을 빼앗기지 않으려고 하는 뱀파이어가 여자라면 어떨까?

이렇게 생각이 제멋대로 데굴데굴 굴러가다가 트란실바니아에서 온 드란댁과 1960~1970년대에 '있을 수도 있었던' 드란댁의 한국 텃밭 우모리가 나타

났다. 독자 여러분이 드란댁과 우모리를 좋아해주시
기를 바랄 뿐이다.

*

작가의 말

P LC.RC

Project
Lovecraft.
Recreate

우모리 하늘신발

1판 1쇄 찍음 2020년 4월 16일
1판 1쇄 펴냄 2020년 4월 30일

지은이 송경아
펴낸이 안지미
기획 이수현
편집 유승재
교정 박소현
디자인 안지미 이은주
제작처 공간

펴낸곳 (주)알마
출판등록 2006년 6월 22일 제2013-000266호
주소 03990 서울시 마포구 연남로 1길 8, 4~5층
전화 02.324.3800 판매 02.324.2846 편집
전송 02.324.1144

전자우편 alma@almabook.com
페이스북 /almabooks
트위터 @alma_books
인스타그램 @alma_books

ISBN 979-11-5992-297-8 04800
ISBN 979-11-5992-246-6 (세트)

이 도서의 국립중앙도서관 출판예정도서목록CIP은 서지정보유통지원시스템
홈페이지http://seoji.nl.go.kr와 국가자료종합목록 구축시스템http://kolis-
net.nl.go.kr에서 이용하실 수 있습니다. CIP제어번호: CIP2020014740

알마는 아이쿱생협과 더불어 협동조합의 가치를 실천하는 출판사입니다.

종이 표지_스노우화이트 250g/㎡ 본문_그린라이트 100g/㎡

오마주와 전복으로 다시 창조하는
H. P. 러브크래프트의 세계

Project LC.RC

악의와 공포의 용은 익히 아는 자여라.. 홍지운

아이들이 우이천에서 데려온 이상한 도마뱀.
이 괴생물체의 등장 이후 사람들은 나를 미친 사람 취급하기 시작한다.

별들의 노래.. 김성일

불의를 참지 못하는 신참 노숙인 김영준. 그는 홀리듯 사람의 마음을 얻는
강 선생을 만난 뒤부터 아득히 먼 우주의 심연을 보기 시작한다.

우모리 하늘신발.. 송경아

일제강점기 기이한 노파 드란댁이 만든 이상적이고도 비밀스러운 공동체.
드란댁은 이 마을과 사람들을 '텃밭'이라 부른다.

뿌리 없는 별들.. 은림, 박성환

댐으로 수몰될 지역에서 식물학자가 겪은 황홀과 공포에 관하여.
/ 극점으로 향한 남극탐사대가 시간의 뒤섞임 속에서 마주친 놀라운 존재에 관하여.

역병의 바다.. 김보영

전염병이 도는 동해안의 어촌. 경찰력이 마비된 곳에서 여자는 자경단으로 살고 있다.
어느 날 외지에서 온 남자는 마을의 파괴를 말한다.

낮은 곳으로 임하소서.. 이서영

악취가 심한 백화점의 보수 공사에 투입된 건설회사 직원 이슬은
84년 전 건축문서에서 두려운 존재를 발견하고 고통받는 사람들과 마주한다.

친구의 부름.. 최재훈

원준은 2주간 학교를 나오지 않는 친구의 자취방을 찾아간다. 불러도 대답 없는 친구.
문을 열고 들어가보니 친구는 의외로 반갑게 원준을 맞이한다.

외계 신장.. 이수현

학위를 따기 위해 굿판을 쫓아다니는 민서. 그는 백 년 전부터
기이한 죽음이 일어난다는 '금단의 집'에서 마주친 노만신 경자에게 매료된다.